PAOLA GIOMETTI

Symbiosa
E A AMEAÇA NO ÁRTICO

© Elo Editora / 2020

Texto fixado conforme o Acordo Ortográfico da Língua Portuguesa de 1990. (Decreto Legislativo nº 54, de 1995).

Todos os direitos reservados. Nenhuma parte desta obra pode ser reproduzida ou transmitida por qualquer meio (eletrônico ou mecânico, incluindo fotocópia e gravação), ou arquivada em qualquer sistema ou banco de dados, sem permissão da Elo Editora.

Publisher: Marcos Araújo
Coordenação editorial: Luciana Nascimento
Gerente editorial: Cecilia Bassarani
Revisão: Salvine Maciel e Ana Maria Barbosa
Diagramação: Vinicius Gaion
Capa: Romulo Dias
Imagens utilizadas na capa: © Tim Smyth/Philip Martin/Collins Lesulie

Dados Internacionais de Catalogação na Publicação (CIP)
(Câmara Brasileira do Livro, SP, Brasil)

Giometti, Paola
  Symbiosa e a ameaça no Ártico / Paola Giometti. -- 1. ed. -- São Paulo : Elo Editora, 2020.

  ISBN 978-65-86036-14-5

  1. Ficção - Literatura infantojuvenil I. Título.

20-36428   CDD-028.5

Índices para catálogo sistemático:

  1. Ficção : Literatura infantojuvenil 028.5
  2. Ficção : Literatura juvenil 028.5

Cibele Maria Dias - Bibliotecária - CRB-8/9427

Elo Editora Ltda.
Rua Laguna, 404
04728-001 – São Paulo (SP) – Brasil
Telefone: (11) 4858-6606
www.eloeditora.com.br

eloeditora   eloeditora   eloeditora

Ao meu amado Erwin,
que me guiou pelas terras brancas.

Capítulo 1

O pequeno Bávva estava deitado sobre a pele fofa de rena, protegido no interior da tenda redonda. Ao centro, havia uma fogueira com os borbulhos de uma panela de sopa e, do lado de fora da tenda, ouvia-se a tempestade sibilante que vinha do Norte. Bávva era muito jovem, mas grande o suficiente para saber que o frio do Ártico não perdoava os doentes. Olhando para o sacerdote de seu clã, ele sabia que seus dias estavam chegando ao fim. O sábio sacerdote era, na verdade, o avô do menino e, nesse momento, ele olhava em seus olhos enquanto passava raízes e galhos de bétula pelo seu corpo. Cantou os *joikes* que o menino tanto gostava. Os *joikes* eram cânticos que expressavam todo o sentimento de quem o entoava; muitas vezes não diziam qualquer palavra, mas eram profundos. Bávva percebeu que o avô só tinha cânticos tristes para ele naquele momento. Era um sinal de que previa a morte do jovem. Era provável que nem mesmo os deuses podiam fazer algo contra aquela doença, que já havia levado outros de seu clã, pensava o pequeno.

Olhando para as brasas no chão, que iluminavam o centro da ampla tenda de forma sombria, o garoto escutou o chiado de um filhote de rena. O couro da tenda trepidava com os sopros que vinham dos vales abertos da tundra, e nem mesmo as bétulas tinham mais folhas. Lá fora, não havia luz. Havia muitos dias nenhuma fonte luminosa exterior oferecia o alento aos *sámis*, povo autóctone do norte da Noruega. As pessoas daquela família sentiam o calor que vinha de uma fogueira e, dela, olhavam para o sacerdote, que conhecia os processos de cura. Ele tentava salvar o menino com todo o conhecimento que tinha da natureza. Nos últimos dias, contou para o clã que havia recebido a permissão para falar com as Auroras Boreais e que elas o ensinaram *joikes* que poderiam curar Bávva.

A luz amarela e quente invadiu os olhos de Bávva quando viu algo que o fez sorrir. Ao seu lado, a mãe tinha nos braços uma pequena rena com salpicos de neve nos cílios. O filhote lanudo e castanho olhou diretamente nos olhos do menino e o sacerdote percebeu que o animal entendia seu sofrimento. A rena soltou um suspiro silencioso e, de repente, seu medo se esvaiu, como o gelo que aos poucos se liquefaz na primavera.

Talvez os deuses estivessem contra aquele clã, ou, quem sabe, alguma família tivesse amaldiçoado aqueles que haviam nascido e crescido naquelas terras. Então, a mãe estendeu os braços para dar a rena ao sacerdote. Os irmãos e primos de Bávva olhavam para ele como quem temia o que se seguiria. Podia não funcionar, mas e se desse certo? O que seria do pequeno Bávva?

O sacerdote pegou a rena como quem carrega uma porcelana rara e ajoelhou-se ao lado do menino. Os familiares passaram a repetir o *joike* cantado pelo velho homem pálido que transpirava sob as vestes azuis e vermelhas. Preferia ter tentado sob as luzes das Auroras e, assim, sua certeza seria maior. Mas as noites estavam tão encobertas por semanas de nevascas, que era impossível ver as luzes do Norte. A doença tinha avançado nos últimos dias, e o menino revirava os olhos, espumava pela boca enquanto se retorcia pelo chão. A última crise quase levou o pequeno. Mas, agora que ele recuperava os sentidos, estava na hora. Queimaram essência de almíscar com musgo e logo a tenda estava sob o aroma selvagem que envolvia o corpo do menino *sámi*. E foi quando seu avô tocou a sua fronte, que tudo se apagou para o indefeso Bávva.

Capítulo 2

Emma olhava pela janela do quarto, exausta. Onde estava a força para se levantar? Já havia feito o esforço, no meio da madrugada, quando foi ao banheiro agarrada aos móveis. Tentou entender o que fazia deitada tanto tempo, mas mal se lembrava do que comera no jantar.

Já estava de cama havia três semanas. Faltara ao colégio todos aqueles dias, não tinha vontade de comer e mal se levantava para tomar banho. Sua mãe não sabia mais o que fazer para ajudá-la. Os médicos a diagnosticaram com uma possível depressão. Os sintomas de problemas cardíacos não apareciam mais nos exames, e a jovem era considerada uma pessoa curada desse mal.

— Mas ela é muito nova para ter depressão! — continuava a mãe, retrucando os terapeutas.

— Minha senhora, muitas crianças apresentam sintomas como esse, principalmente depois de perder o pai.

Martina torceu a boca, lembrando-se do acidente de carro que a fez perder o marido dois anos antes. Emma era muito ligada ao pai e chegou a fazer inúmeras sessões de terapia para conseguir voltar a frequentar a escola. Nesse dia, Martina deu um basta na situação. Não queria drogar Emma com remédios fortes; afinal, ela só tinha treze anos. Chegou a tentar orações que aprendera quando era religiosa. Pediu ajuda para uma curandeira da vizinhança realizar um quebranto para que a menina pudesse se livrar dos maus espíritos. Vitaminas compradas na farmácia e óleo de fígado de bacalhau também foram parte de sua batalha para fazer a menina parar de perder peso. Emma tinha olheiras e dificuldade para enxergar; além disso, dizia sentir as pernas fracas. No entanto, os exames demonstravam que não havia nada de errado com ela.

Então, Martina resolveu dar um ultimato.

A campainha tocou e ela abriu a porta ansiosa. A menina esperava muito pela pessoa que a veria naquela tarde.

— Doutor Bávva, graças a Deus! — falou Martina com os olhos em lágrimas. — Eu já não sei mais o que fazer. Quase cheguei a chamar um padre. Quando soube que estava perto de Narvik, fiquei tão aliviada que não pude deixar de entrar em contato.

— Onde está ela?

— No quarto. Como disse, ela não sai mais de lá — queixou-se, enxugando as lágrimas com as costas das mãos.

Seguiram para o quarto de Emma. Ao vê-lo, a garota arregalou os olhos e, então, esboçou um sorriso.

— Olá, Emma — o médico se aproximou. — Vim ver o que está acontecendo com você. Posso me sentar?

Ela fez que sim, ajeitando os cabelos castanhos atrás das orelhas.

— O que você está sentindo? — perguntou, olhando-a nos olhos, abaixando-lhe uma pálpebra inferior e notando um leve indício de anemia.

— Eu me sinto cansada e sem vontade de sair daqui — respondeu com mau humor.

— Aconteceu alguma coisa que eu deveria saber?

Emma abaixou a cabeça e, em seguida, deu de ombros. Ela também não sabia ou talvez não quisesse falar sobre aquilo na frente da mãe.

O médico olhou para os lados como se estivesse procurando algo. Então, voltou os olhos para Martina, que estava diante da porta do quarto, e perguntou:

— Onde está o falcão?

Martina torceu a boca, estranhando a preocupação do médico com uma ave.

— Ele está na garagem — respondeu a mulher, parecendo irritada. — Mas minha filha está aí.

— Garagem? — O médico se levantou abruptamente e isso assustou a mãe de Emma por um instante, — o que foi que eu falei para a senhora? Aquele animal deve ser tão bem tratado quanto sua filha.

— É apenas uma ave — a mulher assentou os cabelos loiros com as palmas das mãos. — Doutor, se o senhor não se importar, eu gostaria que ajudasse minha filha. Foi para isso que o chamei à minha casa.

Bávva sentiu uma onda de calor subir pelo seu peito. Era preciso compreender que não era muito fácil fazer as pessoas entenderem a importância daquilo.

— Martina — falou pausadamente —, o *šaldi*, o procedimento médico que cria uma ponte entre um animal e uma pessoa: o elo com o falcão foi o que salvou a vida de sua filha. Não se esqueça.

O médico saiu pela porta indo em direção à garagem.

— Deixe-me ver o animal, por favor.

Martina nunca criara nenhum animal em sua vida, até que Bávva salvou Emma de morrer de uma doença cardíaca. Ele usou um conhecimento incompreendido pela maioria das pessoas, principalmente por aquelas que não aceitavam que um povo milenar, como os *sámis*, havia resolvido a maior parte dos problemas insolúveis da medicina. Bávva dominava esse artifício secreto chamado *Symbiosa*. E obteve seu primeiro êxito com Emma. Isso já fazia oito anos.

Martina abriu a garagem e acendeu a luz. Bávva viu o falcão sobre um poleiro, ao chão. Ele estava encolhido e assustou-se com a claridade, emitindo um grito agudo e abrindo as asas.

O médico se ajoelhou bem perto da ave e, com tranquilidade, calçou a luva de couro grossa que viu jogada ao lado do poleiro. Estendeu o braço dando um assovio, quando notou que o comportamento selvagem do falcão não o faria ceder tão facilmente.

— Onde estão as codornas?

— Ali na geladeira — falou Martina fazendo cara feia. — Ele já foi alimentado hoje pela Cármen.

Bávva, percebendo que a ave estava um tanto estressada, desejou que ela estivesse com fome para facilitar as coisas. Apanhou um pedaço da tira de carne de codorna e estendeu para o falcão, que rapidamente veio sobre a luva.

— Este falcão nunca mais deve voltar para esta garagem escura, Martina. Nem mesmo deve ficar tanto tempo preso no poleiro — advertiu Bávva, severo.

— Mas esta ave roeu a cabeceira da cama da Emma e faz cocô no quarto dela.

— Martina, por favor. Isso é mais importante do que a saúde da sua filha? — O médico arriscou acariciar o bico da ave, mas ela lhe ofereceu o papo para coçar. — Você não deve se esquecer de que o elo, o *šaldi*, alimenta a vida dela, assim como Emma alimenta a vida do falcão.

— Certo. Apesar de não entender como isso funciona, eu não vou me esquecer desta vez. Mas isso melhora o quadro de minha filha?

Quando voltaram, o quarto de Emma estava vazio. Martina olhou assustada ao redor, chamou pela filha e exaltou-se quando a viu no banheiro escovando os dentes.

— Oi, mãe. Senti o perfume de almíscar do doutor Bávva — Emma bem se lembrava daquele aroma doce que destoava de tudo naquele hospital que cheirava a antissépticos —; ele veio aqui hoje?

Martina fez que ia dizer alguma coisa, mas pareceu não conseguir. O doutor estava bem ali ao lado, com o falcão sobre a luva de couro, enquanto olhava Emma, que tinha a boca cheia de pasta de dentes. Ela levantou as sobrancelhas e largou a escova, disparando para dar-lhe um abraço apertado. Bávva devolveu o abraço estendendo a mão para que a ave saltasse para a cabeceira da cama. Em seguida, entregou a luva para a menina.

— Bávva! — Emma repetia, abraçando o homem que salvou a sua vida no passado. Foram semanas internada, e bem se lembrava das conversas longas que seu pai tinha com ele sobre renas e pesca. Embora fossem lembranças num hospital, eram também boas lembranças de seu pai. Então, ela olhou para a mãe.

Martina a abraçou, sem palavras. Uma sensação de culpa tomou conta dela.

— Escute, doutor, eu realmente estou chocada com isso e...

— Não precisa agradecer — respondeu simplesmente.

— O que houve? — a menina perguntou secando a boca, que ainda tinha uma marca de pasta. — Aconteceu algo com o Ruponi?

— Ruponi parecia não estar muito bem lá sozinho na garagem e sua mãe me chamou para dar uma olhada nele. Nunca mais deixe o Ruponi tanto tempo longe de você, entendido? Vocês dois ficarão seguros assim.

A garota pegou a ave e a abraçou como se fosse um boneco de pelúcia. Ruponi murmurou um piado manhoso.

— O lugar dele é aqui comigo — Emma sorriu passando a mão no peito da ave, que assoviava, tranquila. Então olhou para si mesma e ficou chocada. — E essas roupas? Que horror!

Emma expulsou Bávva e a mãe, que estavam atrapalhando a entrada do banheiro e, em seguida, se fechou lá dentro. Um segundo depois, abriu a porta e entregou Ruponi a Bávva: — O lugar dele é comigo só depois de eu tomar um banho! — e fechou-se no banheiro novamente.

O médico sorriu e olhou para Martina como um professor olha para um aluno em prova de recuperação.

— Você a levará ao COTS? É muito importante que ela vá.

Martina olhou para o médico, tentando lembrar se já havia lido esse nome em algum lugar. Então, balançou a cabeça freneticamente como se não tivesse esquecido a Colônia de Treinamento do Symbiosa, que a revista mensal da federação vinha divulgando.

— Sim. Não quero que ela falte — falou de prontidão.

— Pedi a todos os pais que participem da reunião. Há muitas coisas para serem conversadas. Principalmente sobre o destino dos *ealli* — disse o médico parecendo preocupado. *Ealli* era como chamavam os animais que passavam pelo misterioso ritual que criava o elo com os seres humanos doentes, oferecendo a cura e uma sobrevida quase normal, caso não convivessem com esses animais pelo resto da vida.

— Bom, espero que sejam coisas para o bem de todos — falou Martina com um sorriso artificial e sem nada melhor para dizer. Ela não gostava de animais, porém entendia que a vida da filha dependia daquilo.

— Eu também espero. — E, ao dizer aquelas palavras, Bávva saiu deixando Ruponi mais uma vez na cabeceira da cama de Emma e despediu-se de Martina.

Capítulo 3

— Doutora Nika, o doutor Bávva precisa de sua ajuda. Ele a está aguardando na ala cirúrgica — avisou a enfermeira pelo telefone.

— O.k., já estou indo para lá — Nika, a médica de plantão, já havia lido os prontuários dos pacientes. Ela sabia que o doutor precisaria dela para ajudá-lo em um parto. Aliás, ela tinha pelo menos uns vinte e cinco anos de experiência em partos.

Nika colocou o avental descartável e ajeitou os cabelos ondulados sob a touca, enquanto entrava na ala cirúrgica. Mas lá não encontrou enfermeiros, muito menos uma paciente grávida.

— Bávva, o que está havendo?

— Nika, eu preciso muito falar com você.

— Não seria mais apropriado conversarmos em sua sala? — Nika disse, se aproximando sem entender. Ela tinha pequenos olhos azulados e maçãs salientes, muito parecidos com os de sua avó. Bávva sabia que, apesar de Nika não seguir os costumes, ela tinha ascendência *sámi*.

— Na minha sala, o telefone não para de tocar. É todo mundo atrás de mim... — Bávva parecia um tanto abatido.

— Onde está a paciente grávida?

— Ela ainda está sob observação, pois falta dilatação. Não se preocupe, está tudo sob controle. Agora podemos conversar?

Nika balançou a cabeça com ar de preocupação. Bávva não costumava ter aquela aparência cansada. Sempre fora um homem muito focado no trabalho. Era um especialista cardíaco exemplar e muito procurado para os chamados "casos difíceis". Quando não estava em cirurgia, envolvia-se com sociedades médicas científicas. Talvez estivesse precisando de um tempo para si.

— Nika, precisarei sair por algum tempo — assumiu com a voz parecendo embargada. — Estou com alguns problemas pessoais para resolver e não gostaria de envolver o emocional com o trabalho. Bem, você sabe do que estou falando.

Bávva era um homem de muitas responsabilidades, um profissional renomado e precisava sempre tratar de assuntos médicos diversos nos mais importantes congressos do mundo. Não era comum vê-lo abatido daquela maneira.

— Está tudo bem com sua família? — arriscou Nika se apoiando na maçaneta da porta, preocupada com o antigo colega de trabalho.

— É um assunto muito delicado, Nika. Me desculpe. Por favor, cubra meus pacientes até eu voltar.

— O.k. — suspirou preocupada. Conhecia Bávva havia pelo menos vinte anos e sabia que ele não costumava envolver nem mesmo os amigos mais íntimos em questões familiares.

O homem tirou o jaleco e entrou em seu carro. Os pensamentos o faziam suar como se estivesse na velha e saudosa Kautokeino, no extremo norte da Noruega. Pensamentos iam desde sua infância até os dias atuais. Algum sentimento de culpa o incomodava por estar longe da família. Seu povo precisava dele, como sempre precisou. Jamais havia abandonado os *sámis*. Procurava não ver como um abandono. Apesar de estar longe do clã, sempre que podia tirava alguns dias do ano para visitá-los. Seu sangue ancestral os conectava, e sua família bem sabia do pesado fardo ao qual foi designado quando era tão jovem.

Após Bávva superar a doença na infância, saiu de Kautokeino. Alguns de seus familiares não aceitaram o fato de ele não seguir com a criação das renas. De fato, ele sempre ajudou a família com boas quantias em dinheiro, mas, talvez, desse a impressão de que seu trabalho fosse menos penoso do que conduzir os animais pelos vales e montanhas geladas. Esse sentimento o corroía por dentro havia anos. Sabia que era uma opção viver assim, conduzindo renas em tempos tão modernos. Não eram todas as famílias que seguiam a tradição. Porém o seu clã tinha orgulho das tradições e as manteria vivas, pois viviam assim havia mais de mil anos. No entanto, o menino, que sobrevivera à morte certa e crescera, tinha um compromisso com o seu avô, o velho *noaidi* — era assim que os *sámis* chamavam os seus sacerdotes.

Bávva foi destinado a viver entre os noruegueses, que não tinham os costumes *sámis*. Foi destinado à importante missão de tornar-se um médico para levar adiante o conhecimento que fora capaz de mantê-lo vivo. Algo que seu avô chamava de *Symbiosa*.

Ainda menino, Bávva foi levado para Tromsø, onde conseguiu estudar entre crianças que não eram *sámi*. Acompanhava pescadores e os ajudava, pois sabia identificar onde estariam concentrados os cardumes de salmões e trutas. Visitava Kautokeino sempre nas férias, quando seu avô aproveitava para lhe ensinar ainda mais os segredos que dizia ouvir das auroras. Mas, quando ingressou como aluno de Medicina na Universidade de Tromsø, quase não havia mais tempo para visitas familiares, e seus pais e irmãos passaram a lhe escrever. O avô também lhe escrevia e dizia que aquela era uma nova fase em sua vida, na qual todo o conhecimento xamânico agora deveria caminhar com ele aonde quer que fosse, e que deveria aprender a utilizá-lo nas áreas da Medicina.

— *Symbiosa* — repetiu para si mesmo e em alta voz ao se lembrar de sua infância, como quem vê um filme —, *Symbiosa* tem que chegar às pessoas doentes. — Esse era o combinado com seu avô, a pedido das auroras. Foi quando se lembrou que, antes de pegar o barco que o levaria para Kautokeino, daria uma volta com Ukko, sua rena, por Ersfjord, logo adiante de sua casa. Ela não gostava de viagens em barcos, mas não havia outra maneira, senão essa, de viajar com Ukko.

Capítulo 4

Emma pegou sua bolsa de couro bordada com fios azuis: essa era uma lembrança de quando esteve internada, havia oito anos, presente de uma jovem médica. Em seguida, beijou a cabeça de Ruponi, que estava empoleirado em sua cama, e enrolou o cachecol roxo aveludado ao pescoço, jogando os cabelos castanhos para trás, bagunçando-o: "Acho que fica melhor assim", pensou ao correr para o carro de sua mãe, um carro elétrico preto, que a fazia se sentir em um filme futurista. Aquele era o último dia de aula e ela não queria perder a festa de confraternização de final de ano da escola.

— Você tem certeza de que está bem para ir à escola? — Martina ainda estava preocupada com sua saúde.

— Mãe, eu estou ótima! Não se preocupe.

— Qualquer coisa, me ligue.

— Pode deixar, mãe — Emma levantou os olhos. Não via a hora de sair um pouco de casa.

A escola onde estudava era uma das maiores da cidade de Narvik. Emma nunca faltava a uma confraternização de final de ano, pois as festas sempre eram animadas e com muitas coisas gostosas para comer. Tudo bem se suas espinhas empipocassem em sua testa de vez em quando. Talvez ela tivesse o recesso de fim de ano para se esconder em seu quarto e jogar *videogame* ou ler seus livros favoritos. Isso se não fosse à colônia de férias do doutor Bávva, à qual sua mãe, de uma hora para outra, resolveu deixá-la ir, em uma cidade mais ao norte da Noruega.

Na escola, Emma atravessou o passadiço onde o vento do fim de outono dava as caras. Ansiosa, atravessou o pátio e foi direto para o salão de festas. Viu Jonas sentado em um degrau da escada. Ele não era um garoto muito sociável. Também tinha treze anos e costumava ter dificuldades para se relacionar com as pessoas. Emma era a única garota com quem Jonas conversava, principalmente quando um *game* novo era lançado. Era sua confidente, pois ela entendia sua ansiedade por botar as mãos nos consoles que não podia comprar, já que sua avó dizia não ter muitas condições e, às vezes, dizia que *games* estragavam sua mente.

Jonas era seu melhor amigo *nerd* e estudava na mesma sala. Ele costumava enchê-la com seus assuntos de dinossauros, monstros de RPG e equipamentos de guerra, mas compensava esse gosto peculiar quando falava de *games*.

Quando a viu, a abraçou, preocupado com as semanas de ausência que quase mataram todo mundo de susto. E não foi só por conta das provas de matemática.

— O que você tem não é contagioso, certo? — Jonas não podia perder aquela chance.

Emma ameaçou dar-lhe um tapa na cabeça.

— Eu não tive nada de mais, Donkey Kong — provocou ela.

— Você é a única que me acha parecido com o Donkey Kong.— Jonas segurava os braços de Emma que tentavam acertá-lo.

— Isso porque eu sou a única *gamer* que gosta de jogos antigos, espertão. Eu tenho meus emuladores.

— Sério, mas qual médico maluco descobriu o que fazer para te ressuscitar? Fui te visitar umas três vezes, só que você preferia olhar para os pés.

— Você foi, é? O médico disse que foi coisa do *Symbiosa* — Emma falou sentando-se a seu lado na escada. — Minha mãe tinha discutido mais uma vez comigo por causa do Ruponi. Ah, cara! Ele destruiu o chinelo que minha mãe trouxe do Havaí.

— Ele gosta mesmo da sua mãe! — riu Jonas, se levantando e andando. — Vem comigo e conta a história do Ruponi.

— Ela colocou o coitado de castigo na garagem.

— Na garagem? Mas que do mal!

— Daí que o Ruponi tem que ficar bem para que eu também fique — explicou Emma, avistando os garotos e garotas do Ensino Médio entrando no salão de festas da escola. — Tipo, você sabe, eu e ele somos meio que uma só alma.

— Cara, isso é difícil de acreditar. Mas todo mundo sabe que é possível — refletiu Jonas. — Olha a Stella. Ela também é tipo você.

Emma olhou para ele estreitando os olhos. Não gostava quando ele se referia a ela como uma alienígena.

— Bem, você entendeu o que eu quis dizer — apressou-se a dizer. — Mas é bem mais legal ter um falcão do que um gato, como a Stella tem. Quer dizer, gatos são legais, no entanto, falcões lembram jogos de *games* medievais.

Emma riu do comentário, porém, chegar ao salão de festas a fez esquecer por algum tempo desse assunto. Ela estava interessada em conseguir alguma bebida.

— O que há para beber?

— Desencana que só tem refrigerante — reclamou Jonas. — Refrigerante e suco de maçã.

— Emma, Jonas! — chamou uma voz familiar em meio a uma roda de garotas. Era Vicky, uma das meninas que costumavam conversar com eles nos intervalos das aulas.

— Olá, Vicky! — Emma respondeu. Já a voz de Jonas quase não saiu, pois não gostava tanto daquela garota. Ele a achava petulante.

— Fiquei sabendo que você esteve doente — disse a recém-chegada enrolando os cabelos no dedo. Ela tinha essa mania e, quando começava, Emma não conseguia olhar para outra direção além daquele gesto. — Você está com alguma doença contagiosa?

Jonas rangeu os dentes. Ele detestava a falta de noção daquela garota do segundo ano. Ele dizer aquilo para Emma era uma coisa, mas nas palavras de Vicky havia algo esnobe. Esse era um dos motivos de querer evitá-la, sem contar o péssimo hábito de falar com os dentes cheios de comida abandonada. Dava um hálito horrível.

— Acho que é contagiosa... E mortal — respondeu Emma, séria.

Jonas olhou para ela, segurando a respiração.

Vicky deu um passo para trás, levando a mão ao nariz. Tentando não ser tão arrogante, tampou o nariz com as costas da mão.

— Contagiosa? Ei, Pin! — gritou para a menina chinesa que estava sempre com ela. Então, saiu de perto.

Jonas e Emma riram. Não era sempre que faziam isso com Vicky, mas vez ou outra era legal.

— Ainda está de olho na Pin? — perguntou Emma para Jonas. Ela sabia que o garoto costumava olhar para a menina oriental mais do que o normal.

— Pin? — gemeu tentando entender aonde ela queria chegar. — Ah... Pin é meio caladona. Na dela.

— Acho que ela é quase uma sombra — disse Emma. — Isso mesmo, como a sombra de Vicky.

— Bom, tudo bem que ela, às vezes, surge do nada, é muito silenciosa — concordou. — Mas já vi os chineses fazerem isso em filmes de *kung fu*.

— Ah, Jonas, poupe-me.

Do salão veio uma música eletrônica alta que fazia as paredes velhas tremerem. Emma sentiu-se em uma matinê, mesmo assim, estava satisfeita por aquele dia ter uma festa no lugar de aulas. A matinê estava bem para ela.

Garçons caminhavam pelo salão distribuindo refrigerantes e o tal suco de maçã, que mais tinha gosto de vinagre. Garotos se reuniam em grupos para dar risadas e dançar de forma embaraçosa. Isso fez Emma rir, uma vez que preferia garotos engraçados a garotos sérios e chatos. Tudo bem que muitos não tinham noção de que dançavam de forma engraçada, mas não precisavam saber.

Vicky tentou levar Pin para se reunirem ao grupo de meninas que faziam passinhos de dança fáceis e clichês. Ela havia aprendido a dançar uns passos legais nos jogos do Kinect.

— Parece uma vitrine — lamentou Emma. Ela percebeu que Jonas era um dos vários garotos que pararam para olhar. — Estou falando com você.

Jonas olhava tudo aquilo com interesse, mas nunca conseguiu chegar de verdade perto de uma menina. Entretanto, preferiu ficar ao lado de Emma, evitando que algum cara se aproximasse dela. Ele a achava bonita, mesmo ao acordar, com os cabelos despenteados. Jonas, algumas vezes, se pegou olhando no espelho arrumando os cabelos loiros que cresciam desordenados, enquanto Emma tocava a campainha de sua casa. Chegou a ter dúvidas sobre seu sentimento por ela, já que não sentia falta de mais ninguém quando Emma estava presente. Contudo, não tinha coragem de tocar no assunto. Preferia manter a amizade e assim teria certeza de que estaria sempre com ela.

Por conta disso, Jonas não gostava muito de perder a atenção de Emma para outro garoto. Em geral, costumava conversar com ela cutucando seu braço quando percebia que seu assunto *nerd* ficava para trás.

— Se ficarmos muito perto um do outro, nunca nenhum cara vai se aproximar de mim — falou Emma olhando para os formandos.

— E quem você quer que se aproxime? O Lontra? — falou Jonas, rindo da cara dela. Lontra era o apelido que encontraram para o garoto que mandou uma mensagem chamando-a para ir ao cinema ver *Tomb Raider*. Tudo bem, ele era comprido como uma lontra e tinha fiapos de bigodes finos espalhados pela cara. — Não vai me dizer que espera que o Makalister venha até você — provocou. Ele sabia que a garota às vezes olhava excessivamente para o tal do Makalister.

— Não enche.

— Não tenho nada contra caras mais velhos, mas já pensou? Eles podem morrer antes de você...

— Você é um babaca. — Emma por fim encerrou o assunto indo comer *skolebrød*, um tipo de rosca de creme e coco muito popular na Noruega.

Muitas vezes, os outros estudantes se referiam a eles como namorados, mas isso não era verdade. Era quase uma irmandade. Jonas tinha ciúmes de Emma como um irmão teria de sua irmã mais nova, pelo menos era isso que ele dizia. No fundo, Jonas sabia que ela forçava a amizade com outros garotos, no sentido de falar compulsivamente de falcoaria e coleção de selos. Porém, Jonas sabia que ela fazia isso para colocá-los para correr. Ela era uma garota de beleza comum, mas que, no geral, chamava a atenção com sua expansividade. E depois que descobriam os papos estranhos e, às vezes, antiquados de Emma, logo se afastavam, e, assim, o ciúme de Jonas acabava. No entanto, a garota ficava se perguntando por quanto tempo teria que fazer aquilo. Já era uma adolescente e ainda não havia dado o primeiro beijo. Ela sabia que se dependesse de Jonas, esse beijo nunca aconteceria.

— Você quer dançar? — Emma perguntou a Jonas, já imaginando a resposta. Ele era um tanto desajeitado para aquilo, mas ela queria muito ir para a pista.

— Até parece. Vai lá. Eu fico aqui tomando conta das despesas e impostos — concluiu colocando na boca um bocado de sorvete de *salt caramel*, o preferido dele, já que tinha um creme misturado com caramelo um pouco salgado.

Emma caminhou até a pista, onde conseguiu identificar um grupinho de meninas do primeiro ano do Ensino Médio.

— E aí, Emma? — chamou uma menina de cabelos curtos e azuis. Era Ingri. Se não fosse a pinta de nascença que tinha na bochecha, jamais a teria reconhecido.

— Oi, Ingri! Que cabelo legal!

— Valeu — deu uma risadinha. — Você ficou sabendo da Martha?

— Não, o que tem ela? — falou procurando pela garota do segundo ano que, às vezes, conversava com ela nos intervalos.

— Ela passou mal na aula de dança. — contou Ingri. — A diretora levou a Martha ao hospital e descobriram que está quase diabética.

— Nossa! — respondeu Emma. — Eu não sabia. Como ela está?

— Os pais pediram autorização para a Federação Médica do Symbiosa — completou, assentando os cabelos recém-pintados. — Eles queriam tentar dar a ela um animal, mas a federação disse que ela não precisava disso. Que ainda é bastante jovem e que podia fazer uma dieta para perder peso antes que fique diabética.

Isso era verdade. Martha era uma garota de quinze anos e já era bastante obesa por se alimentar com o que não devia.

— A pessoa precisa estar entre a vida e a morte para que a Federação Médica do Symbiosa autorize a cirurgia da *šaldi* — explicou Emma, se referindo ao ritual que levava à formação do elo entre o animal e o ser humano. Ela conhecia bem as regras. Então viu a outra menina fazer cara de quem não havia entendido o estranho nome. — *Šaldi* é uma palavra *sámi* que significa "ponte". Os médicos dizem criar uma ponte entre o animal e a pessoa. E, mesmo que a federação liberasse algo assim, Martha teria que aceitar viver ao lado de um animal até o fim de seus dias. Uma vez o *Symbiosa* feito, é para sempre.

— Os pais a proibiram de vir — disse Ingri olhando para as mesas com guloseimas, que seriam um veneno para Martha.

— Sim, talvez tenha sido melhor.

Emma dançou três ou quatro músicas e voltou para a mesa de doces. Comeu um *kanelbulle*, que era um pão enrolado com canela, enquanto procurava por Jonas. Só que ele não estava ali. Esperou por mais alguns minutos, imaginando que o amigo tivesse tomado muito sorvete; afinal, doces assim lhe davam dor de barriga o suficiente para permanecer ocupado por quase uma hora no banheiro.

Pegou mais um suco e o tomou em goles pequenos, acreditando que Jonas acabaria voltando antes que acabasse seu suco. Porém havia terminado a bebida e Jonas havia definitivamente desaparecido do salão de festas. Emma correu os olhos várias vezes pela pista de dança, duvidando que pudesse encontrá-lo dançando com algum grupo ou com alguma garota. Não havia nenhum sinal dele. Não que estivesse preocupada com seu amigo; afinal, estavam na escola e nada de mau poderia lhes acontecer. Mesmo assim, foi procurá-lo.

— Oi, você viu o Jonas? — perguntou ela a um garoto de sua sala.

— Quem é Jonas? — riu o garoto, debochando da fama de antissocial do colega.

— Deixa para lá.

Emma seguiu pelos corredores que davam acesso às salas de aula, mas não havia ninguém, a não ser alguns casaizinhos que se beijavam escondidos dos inspetores.

Procurou próximo à cantina, que estava fechada, circundando o pátio coberto e o ginásio. Mas nenhum sinal de seu melhor amigo. Então voltou ao salão de festas esperando, por lá, reencontrá-lo.

— Vicky, você e Pin viram o Jonas? Ele desapareceu já faz quase uma hora.

— Será que ele não voltou para casa? — sugeriu Vicky.

— Não, com aquela mesa de comilança? — elas deram risinhos. — E se fosse embora, ele me avisaria.

— Você já procurou no laboratório de ciências? — murmurou Pin. — Acho que ele tem uma fixação pela caveira de lá.

— Ainda não olhei. Vou fazer isso.

Emma rapidamente caminhou pelos corredores que dariam acesso ao laboratório. Era possível ouvir as batidas da música, abafadas pelas paredes. Subiu uma escadaria de mármore e, de lá de cima, pôde ver o inspetor Pé-grande olhando preguiçosamente para seu celular. Esse não era logicamente o nome real do homem. Na verdade, era assim que os alunos o chamavam.

— Ótimo — falou Emma, caminhando apressada pelos corredores. — Direto ao laboratório de ciências. Acesso livre.

Ficou na ponta dos pés, tentando olhar, pelo vidro da porta, o que havia do outro lado. As luzes estavam apagadas e era possível ver na penumbra um esqueleto em pé, preso por uma barra de metal cilíndrica.

Emma sentiu um frio na espinha, perguntando a si mesma se devia ou não olhar outra vez. Mas quando olhou de novo, teve a impressão de ver uma sombra correr pela parede e desaparecer pelas estantes de madeira. Foi quase a sensação de um banho gelado. Então ouviu a porta da biblioteca ranger atrás de si e, quando se virou, Jonas estava lá.

— Jonas! — sussurrou a garota imaginando que não poderiam ser encontrados ali perambulando, senão levariam uma bronca. — O que deu em você?

O garoto pareceu desconcertado e corou na hora.

— E eu havia ido ao banheiro e resolvi dar uma passada aqui.

Emma olhou para ele entortando a boca. Ela sabia que Jonas não estava ali na biblioteca, num dia de festa, para estudar.

— Bom, para mim, você veio bisbilhotar a caveira utilizada nas aulas de Ciências — falou sem mais nem menos, esperando ver a reação dele.

— Bisbilhotar a caveira utilizada nas aulas de Ciências? — Os olhos de Jonas se arregalaram. — Confesso que ela me dá arrepios... Nem estava bisbilhotando a biblioteca. Gosto de ler, mas não é para tanto.

— Então por que decidiu entrar aqui e me deixar esperando? — No mesmo momento em que perguntava, foi possível ouvir passos pelo corredor e imediatamente puxou Jonas para dentro da biblioteca.

Esconderam-se atrás das estantes, mas, mesmo assim, as luzes azuladas que passavam pelas janelas formavam uma meia-luz, e isso os denunciaria facilmente. Emma escutou o piso rangendo e imediatamente sentiu calafrios. Estranha foi a sensação de quando viu algo no chão, como borra de café, encoberta por essa penumbra sombria.

— Mas o quê... — Emma engoliu seco e se aproximou do que parecia ser um animal ao chão.

— Emma! — Os olhos de Jonas se arregalaram e seu corpo estremeceu. — Vão nos ver! Estão vindo!

Mas ela não conseguia se mexer. Estava chocada com o pobre gato deitado no chão, imóvel. Ao lado, havia uma mancha de sangue.

— Mas que... que horror! — gaguejou a garota, que se inclinou com a esperança de ver que o animalzinho estivesse ainda respirando. Mas ele estava frio e imóvel. Então, olhou atemorizada para Jonas.

No mesmo instante, a porta da biblioteca se abriu com um estrondo e a imagem da vice-diretora surgiu fantasmagórica sob a iluminação das janelas.

— Senhorita Emma Maia! Jonas Johansen! Vocês estão encrencados!

Capítulo 5

Emma e Jonas não trocaram nenhuma palavra enquanto caminhavam pelo corredor até a diretoria. Ela estava chocada demais com o que viu para que ousasse falar. Já a senhora Mikkelsen, a vice-diretora, falava exasperadamente, horrorizada com a cena que havia acabado de presenciar.

— Um ultraje sem perdão! Totalmente ofensivo, desrespeitoso e abusivo com os colegas e a escola. Além de horripilante! — grasnava com raiva a senhora Mikkelsen em sua cadeira ao lado do diretor Rasmussen.

— Eu não fiz aquilo! — defendeu-se Emma, indignada.

— Eu também não! — falou Jonas, em pé, tremendo.

— Que gracinha! Agora vocês dois são inocentes — ralhou o diretor Rasmussen. — Matar um animal dessa forma parece mais uma atitude de psicopatas! — Então olhou para Jonas de forma fulminante, associando sua fama de antissocial ao comportamento típico de alguns criminosos. — Não consigo analisar motivos para psicopatas fazerem esse tipo de coisa, pois para eles fazerem algo assim, não precisam de motivos.

— O senhor não pode falar assim com a gente! — defendeu-se Emma. — Já disse que jamais faria aquilo! E mesmo que tivéssemos feito, como faríamos sem sujar as mãos de sangue?

O diretor Rasmussen encostou-se na cadeira, ajeitando o suéter, e ponderou:

— Então por que estava na biblioteca segurando o gato, senhorita Maia?

— Eu não estava com as mãos nele! — olhou com raiva para a vice-diretora.

— E seria muita coincidência os senhores estarem na biblioteca bem no momento em que isso aconteceu — ironizou o diretor.

— E se aconteceu ontem à noite? — sugeriu Emma, ofendida. — Espere! Eu vi a sombra de alguém no laboratório de ciências, antes de entrar na biblioteca! Tenho certeza de que vi!

— Viu uma sombra? — repetiu Rasmussen, incrédulo. — E por qual motivo você estava espiando o laboratório, senhorita Maia?

— Porque estava procurando o Jonas. — Em seguida olhou para ele, com ar de dúvida. Jonas olhou para o chão.

— Procurando seu amigo Jonas? E por qual razão ele estaria lá?

— Eu não sei, tá legal? Eu procurei pela escola inteira, pode perguntar para os garotos da festa! Então eu o vi... na biblioteca — Emma não achava certo ser incriminada por algo que não havia feito, mas ao mesmo tempo se perguntava se deveria incriminar o amigo.

— Senhor Johansen? — Ao se dirigir ao menino, este o olhou intimidado.

— E-eu não fiz o que pensam que fiz — respondeu. — Só estava na biblioteca. Não tinha visto o sangue porque estava escuro. Só depois que Emma viu, foi que me dei conta. E... eu detesto sangue!

— Então, — o diretor inclinou-se para a frente em sua mesa, enquanto a senhora Mikkelsen cruzou os braços e elevou a cabeça — o senhor nos conta que estava lá quando Emma apareceu. O que fazia lá?

Emma olhou para Jonas preocupada com a resposta do amigo. Não conseguia imaginar por que ele estava ali. Só passava por sua cabeça que ele queria ver a caveira utilizada nas aulas de Ciências. Mas estar naquela hora e em dia de festa escondido na biblioteca?

— E-eu estava rezando... — confessou Jonas olhando corado para o chão. — Estava rezando para meus pais.

Para Jonas assumir que estava rezando era porque realmente estava desesperado. Até mesmo Emma levantou as sobrancelhas ao ouvir aquela confissão. O senhor Rasmussen e a senhora Mikkelsen pareceram relaxar por um momento — eles sabiam que Jonas era órfão, criado pela avó materna.

— Rezar na biblioteca? — desconfiou o diretor.

— E eu precisava ficar um pouco sozinho — completou Jonas.

— Estaremos de olho em vocês dois quando iniciarmos o próximo ano letivo. Não vou dizer nada a seus familiares porque não temos prova nenhuma contra vocês dois. Todavia, internamente vamos apurar esse caso até que o culpado apareça. Por isso, não quero que espalhem o que viram hoje, senhores. Não quero a escola alarmada, pensando que agora aqui é um lugar para fazer esse tipo de coisa com animais. Caso contrário, vocês dois serão os principais suspeitos e os primeiros a serem expulsos.

O telefone tocou sobre a mesa e o senhor Rasmussen atendeu. A mãe de Emma já estava lá para buscar a filha e Jonas.

— Podem se retirar, crianças — avisou o diretor. — Sua avó veio com a senhora Maia e foram avisadas de que os senhores perambulavam pela escola enquanto deveriam estar na festa de confraternização.

Emma olhou para Jonas e, então, saíram sem trocar uma palavra. Encontraram Martina com a senhora Johansen, com olhares que demonstravam irritação e, talvez, decepção. Elas não costumavam ser chamadas à diretoria da escola para resolver assuntos como aquele. Mas enquanto o problema fosse perambular pela escola sem autorização, estava tudo bem.

— Mas que vergonha eu ter de aparecer por aqui, menina! — falou Martina muito séria, olhando para a filha.

— E veja se eu tenho idade para ficar indo atrás de moleques sem juízo! — repreendeu a senhora Johansen. — Está de castigo! Não vai jogar *videogame* nas férias.

Emma e Jonas se entreolharam algumas vezes, mas não tiveram coragem de dizer nada. Não ali no carro.

Parecia não haver mais clima para comemorar nenhuma festa de final de ano.

— Nos falamos depois — disse Emma ao ver Jonas descer do carro.

— Vocês vão ficar sem se falar por algum tempo! Não podem achar que podem tudo — disse a avó de Jonas, e a mãe de Emma concordou acenando com a cabeça.

— Quando chegar em casa, quero que arrume suas coisas para a viagem de amanhã — avisou Martina se referindo à colônia de férias.

Jonas escutou e levantou seus olhos para Emma. O olhar dele dizia absolutamente tudo, pois ele a conhecia melhor do que qualquer outra pessoa. Em breve encontrariam uma forma de se falar, nem que fosse por meio de mensagens. Parecia que a avó de Jonas não lembrava que a internet existia.

Naquela noite, Emma arrumou suas malas para passar o recesso de Natal na Colônia de Treinamento do Symbiosa. Separou blusas quentes de lã. Afinal, as montanhas ao norte eram extremamente frias no inverno. Botas impermeáveis, tênis e alguns cachecóis foram colocados de qualquer forma na bolsa de viagem; livros sobre falcões e um que ensinava conceitos importantes sobre o *Symbiosa* também estavam lá.

Ela não sabia muito bem o que a Federação Médica pretendia numa colônia de fim de ano, mas também estava pouco interessada; afinal, podia estar indo para uma colônia de férias de verão. Talvez, pensava, o fim de ano servisse para descansar e se divertir com seus *games* e, quem sabe, ficar a madrugada toda conversando com algum garoto legal pela internet.

— Oi, Ruponi — disse olhando para a bela ave pousada sobre a cabeceira de sua cama. — Amanhã vamos viajar. No fundo, eu acho que você já sabia disso.

A ave deu um piado agudo e curto, virando a cabeça para ela. Estava pedindo cafuné.

— Você é muito manhoso — sorriu retribuindo com um carinho. — Tenho muita coisa para arrumar, inclusive limpar o cocô seco na sua gaiola de viagem.

Emma foi esfregar a gaiola de viagem que esqueceu de limpar na última vez que colocou Ruponi lá dentro. Enquanto fazia isso, lembrou uma porção de vezes do gato, e, por isso, pensou ter lavado toda a gaiola pelo menos três vezes. Em seguida, lembrou-se de pegar suas canetas preferidas. Correu para a escrivaninha em seu quarto e pegou a coleção de canetas para desenho que gostava de usar em seus cadernos.

Colocou-as no estojo e também pegou seu bonito caderno feito por ela mesma com papel reciclado e linhas de costura que havia conseguido com a senhora Johansen.

— Eu não sou nada sem essas canetas coloridas — murmurou imaginando que teria muito tempo livre na colônia. Não conhecia ninguém além do doutor Bávva, e o tempo fechado e bem diferente do de Portugal, país onde ela nascera, tirava sua vontade de sair para passear.

Alimentou Ruponi com as tiras de carne que costumava pôr para descongelar. Jantou pouco, pois não estava com fome. O ocorrido no colégio não saía de sua cabeça. Não conseguia pensar em outra coisa a não ser naquela maldade que acreditava que Jonas seria incapaz de fazer. Foi para seu quarto e deitou na cama.

"Talvez fosse para provocar o diretor" pensou sem entender. Mas compreendeu muito bem o azar de estar naquele local exatamente naquela hora. Então, enquanto folheava o livro que abordava a importância do *Symbiosa*, seu celular vibrou.

Jonas: *Você já está dormindo?*
Emma: *Estou acordada.*
Jonas: *Não estou conseguindo dormir. Não paro de pensar no que aconteceu :(*
Emma: *O que aconteceu realmente no colégio? Você pode me dizer a verdade?*
Jonas: *Você não acreditou em mim também, não é mesmo? :(*

Emma achou melhor pensar antes de responder. Ela o conhecia muito bem. Sabia que ele jamais mentiria para ela.

Emma: *Desculpe, estou confusa. Não pudemos conversar depois do que houve. Mas acredito em você.*
Jonas: *Na festa, quando vi você sair para dançar, me senti um pouco sozinho.*
Emma: *Mas, em geral, você procura ficar bastante sozinho, né?*

Jonas: *Só que dessa vez é diferente. Você vai viajar para a tal colônia que nunca ouviu falar! Amigos deviam passar as férias juntos!*

Emma: *Certo. Mas não perca o fio da meada. Me conta o que deu em você para ir até a biblioteca sozinho!*

Jonas: *É isso que estou tentando dizer! Eu percebi o quanto me sinto sozinho. Minha avó não ajuda muito, eu não tenho assunto com ela. Quando estou em casa, ela só reclama da bagunça. Ah, e fala da novela também...*

Emma: *Rs... Continue.*

Jonas: *Então decidi ir até a biblioteca... sabe... Eu não sou muito de religião... Você me conhece. Achei que pudesse pedir alguma ajuda lá, tipo isso.*

Emma: *Você quer dizer que foi rezar mesmo? :/*

Jonas: *Bem... talvez... isso mesmo, rezar! :(*

Emma: *E o que você pediu? Proteção? :/*

Houve uma pausa de quase três minutos para que Jonas respondesse. O aplicativo, no entanto, indicava que o amigo estava digitando... Talvez estivesse escolhendo as melhores palavras.

Jonas: *Eu pedi que Deus protegesse meus pais e que trouxesse eles para mais perto de mim. Eu não queria me sentir tão sozinho com sua viagem. Pronto, falei!!! :'(*

Emma sentiu um aperto no peito por desconfiar do amigo. Mesmo o conhecendo, ele sempre a surpreendia.

Emma: *Puxa, Jonas, você pode me ligar quando quiser. Eu não sabia que estava assim para você... Me desculpe... :(*

Jonas: *Está tudo bem. Boa noite, Emma. Boa viagem amanhã.*

Emma não era muito religiosa, mas a intenção de Jonas em entrar na biblioteca para rezar devido um momento difícil e terminar tudo da pior forma possível foi o que a deixou com o coração apertado. Mesmo confiando muito nela, ele nunca falava na morte dos pais.

Ela virou para o lado e apagou a luz do abajur. Pensou na solidão do amigo por não ter os pais com ele. Era muito pior não ter nenhum deles a seu lado. Ela podia imaginar o quanto era ruim, pois sentia muita falta de seu pai. Jonas gostava de animais e de pescaria, ao contrário de sua mãe, que não gostava e jamais estaria pronta para lhe oferecer esse tipo de companhia. Enxugando uma lágrima que mergulhou no travesseiro, respirou fundo, olhou para Ruponi, que dormia em seu poleiro ao lado da cama, e procurou pensar em cavalos para dormir.

Capítulo 6

Quando Martina chamou Emma para tomar café, a garota viu que a maior parte das coisas já estava guardada no carro. Ela mal viu a mãe organizar tudo, pois não tinha dormido bem, teve sonhos estranhos em que gatos miavam assustados.

— Não se esqueça de dar comida ao *Ruporni* — observou Martina.

— Mãe, já disse mais de mil vezes que o nome dele é Ruponi!

Emma pegou as tiras de carne descongeladas e as ofereceu para o falcão esfomeado. A ave bicou pedaço por pedaço com a maior delicadeza e depois ganhou uma sessão de cafunés.

— Nós vamos passear daqui a pouco, garotão. Quem sabe nesta viagem você conheça alguma "falcoazinha" que não tenha o tamanho de um esquilo.

Ruponi piou sem muita empolgação. Logo, Emma o transportou com cuidado na gaiola de viagem e, em seguida, o colocou no banco de trás, acomodado da melhor forma possível.

Saíram de casa antes mesmo do amanhecer. A previsão do tempo dizia que cada dia anoiteceria mais cedo, e tempestades de neve estavam previstas para os próximos dias. Se tudo desse certo, estariam na colônia antes do jantar. O tal encontro aconteceria em Kvaløya, uma ilha próxima a Tromsø, pouco mais de 152 quilômetro de onde Emma morava. Pegariam uma balsa no meio do caminho, que faria um trajeto entre os fiordes, e desembarcariam em Tromsø. Em seguida, seguiriam dali para Kvaløya, o que levaria apenas vinte minutos.

Durante algum tempo, Emma ficou de olhos fechados, lembrando-se do pobre gato na biblioteca. Então, olhou para trás vendo a casa de Jonas passar. Ele provavelmente estava dormindo, no entanto, despediu-se de Jonas num sussurro como se ele pudesse ouvi-la. Não demorou mais nenhum instante e Emma adormeceu no banco do passageiro.

O caminho entre as montanhas passava por inúmeros condados e cidades menores. Tudo isso passou vez ou outra pelo olhar sonolento de Emma, até mesmo enquanto estavam nos aposentos da confortável balsa. Seus olhos percorriam o horizonte todas as vezes que despertava dos cochilos, e vez ou outra, olhava para a mãe.

"Como era bom o calor de Portugal", lembrava ela toda vez quando olhava para o frio do Norte norueguês. A família Maia havia se mudado para Narvik quando Emma tinha sete anos, quando seu pai conseguiu um bom emprego na área de Tecnologia de Informação. A princípio, Martina não gostou muito da ideia de ir morar em um lugar tão frio. Preferia a vida que levavam em Faro, onde Emma nasceu. Mas, assim que chegaram a Narvik, Martina se deparou com uma oportunidade que não podia recusar. Hoje tinha uma carreira brilhante em uma empresa de cosméticos norueguesa. E Emma tinha boas lembranças de sua infância em Faro e de alguns amigos que fez na escola. Contudo, suas memórias mais vívidas eram aquelas em que passeava e pescava com seu pai na beira de um rio próximo aos bosques ao redor de Narvik.

Da janela da balsa era possível ver as rochas montanhosas manchadas em cinza-escuro e branco, o que indicava entremeados de neve e florestas de bétulas. O clima estava ficando mais frio perto da janela, e o ar quente que subia do chão era acalentador. Encostada na janela, adormeceu mais uma vez, até que acordou com a mãe avisando para voltarem ao carro, pois logo chegariam em terra.

Ruponi reclamou de ser outra vez colocado na gaiola no banco de trás do carro. Permaneceu quieto durante toda a viagem, fechado no cubículo de grades no assento atrás de Emma. Avistaram a beleza estonteante de Kvaløya atrás da ilha de Tromsø. Logo, estavam novamente em terra firme.

— Por que o *Rubomi* está piando tanto? — Martina olhou impaciente pelo retrovisor.

— É Ruponi, mãe! E ele deve estar cansado de ficar esmagado nessa gaiola.

— Parece que aqui temos uma parada. Daí esticamos as pernas e o Ruponi estica as asas.

— Isso vai ser bom — concordou Emma.

Em seguida, estavam no Parada do Troll, uma lanchonete alternativa que também oferecia banheiro aos viajantes. Emma desceu do carro e abriu a gaiola de viagem. Calçou a luva, e as pupilas negras do falcão brilharam quando viu a oportunidade de sair daquele cubículo. Ele chacoalhou a cauda e esticou as asas sobre as garras, piando longamente de satisfação. Então, ficou ali com Emma, enquanto ela esperava Martina voltar com algo para comer.

— Por que está me olhando bravo? — indagou a garota. Tudo bem que as aves de rapina em geral aparentam estar sempre bravas, mas daquela vez Ruponi estava com um olhar mais carregado. — Não se preocupe, não vou colocar você de volta na gaiola, se é isso que te incomoda.

Ele piou alto. Queria deixar claro ter escutado isso.

— Eu não sei como será na colônia. Talvez você tenha que ficar só no poleiro.

A ave apertou as garras na luva.

— Desculpe, eu não posso controlar tudo.

Naquele momento, Martina chegou com cachorro-quente e refrigerante. Ruponi arregalou os olhos e piou como um filhote. Emma entendeu e estendeu um pedaço a ele.

— Esse bicho não vai na frente solto, não é?

— Ele está muito cansado da gaiola, mãe. Está até irritado.

— Irritado? E como você pode saber que ele está irritado? — Martina bebia o refrigerante e olhava de forma curiosa para a filha. Ela acreditava que Emma mimava muito Ruponi. — Esse não é um animal de estimação comum — disse Martina. — Portanto, não precisa tratá-lo como uma galinha mimada.

— Mãe, eu já lhe disse que Ruponi é diferente! Se criássemos todos os animais com essa proximidade, todos eles entenderiam melhor o dono e seriam também mais bem entendidos.

— Então quer dizer que se eu tivesse criado você em cima do meu braço, discutiríamos menos? — Martina deu um risinho torto. Por mais que não gostasse muito de animais, sua proximidade com Emma tinha senso de humor. E esse humor a garota havia herdado da mãe.

— Talvez — respondeu rindo e entrou no carro, antes que a mãe pudesse reclamar outra vez.

A estrada estava um tanto ruim, cheia de gelo. Pedras e sal eram lançados na estrada para que os veículos não escorregassem tanto, mesmo com os pneus especiais para neve. Por isso, Martina dirigia com mais cuidado do que de costume. Uma névoa circundava o vale por onde passavam, escondendo os sopés das montanhas. Mal podiam ver o alto das rochas, pois a sublimação tornava difícil enxergar o caminho que o GPS orientava fazer.

— Acho que já estamos chegando — falou olhando o GPS. — Mais quinze minutos e estaremos lá. E deixe o falcão mais longe. Não quero ele fazendo cocô no meu braço ou no carpete do carro.

— Ele não vai fazer, mãe. Ruponi gosta de privacidade.

Martina repetiu, refletindo sobre o que a filha disse:

— Certo. A ave gosta de privacidade. Assim como você ou eu.

— Exatamente.

A floresta de bétulas, montanhas e um vilarejo compunham o belo cenário de Kvaløya. Não demorou para que vislumbrassem um belo e antigo casarão no alto da colina. Essa era uma das belezas da Noruega: quase não havia muros e era possível transitar livremente por entre os caminhos naturais.

Uma imagem chamou a atenção de Emma. Havia uma pessoa estranhamente parada pouco além da estrada, encurvada sobre si mesma como se estivesse com dor. Em seguida, por uma fração de segundos, ficou toda arrepiada ao ver a pessoa correr para dentro da floresta com muita rapidez, fazendo-a se lembrar de filmes de terror.

"Pode ser que ela não estivesse tão mal assim", concluiu. E logo seus devaneios foram embora, quando se deparou com uma rampa onde sua mãe imbicava o carro.

Martina conduziu o carro pela ampla entrada de pedras, o que ajudou na tração dos pneus. A força do motor quase não foi suficiente para subir aquela ladeira de gelo e neve úmida.

— Acho que foi o pistache que eu comi. Mas essa banheira vai subir — falou Martina arrancando com o carro num estrondo que fez todos verem a traseira do veículo derrapar e fazer uma espécie de *drift* no gelo. Emma encolheu-se no banco, desejando que não houvesse ninguém ali para vê-la sair do carro. Mas foi impossível.

Correu os olhos pelas pessoas: umas tão encapotadas em casacões e cachecóis, enquanto outras vestiam apenas um bom casaco. Sendo possível distinguir quem era da Escandinávia e quem eram os turistas não acostumados ao frio do Ártico. Emma já estava acostumada a se vestir como uma norueguesa, mas a mãe não perdia a oportunidade de usar seus enormes casacos caros.

As pessoas carregavam mochilas e malas de viagem para dentro do antigo casarão, enquanto jaulas e gaiolas eram levadas para o interior de uma grande cabana, mais distante. A floresta que se estendia pelo corredor de montanhas escondia sua beleza sob a escuridão do inverno. Afinal, os galhos nus e afiados não causavam boa impressão em meio a tanta névoa, lembrando os filmes de terror que Emma gostava de assistir escondido da mãe.

Ruponi gritou agudamente, incomodado com o estranho lugar.

— Não se preocupe. Quando souberem que você não faz cocô em qualquer lugar e que é um garoto comportado, eles vão deixar você dormir perto de mim.

— Você pode acomodar seu *ealli* no celeiro — disse uma jovem norueguesa com um casaco laranja, no qual lia-se "monitora". Ela se referia ao Ruponi, pois *ealli* é como chamam aos animais que passaram pelo procedimento do *Symbiosa*. Ela e outros monitores conduziam os hóspedes para dentro da grande cabana, o tal celeiro, em frente ao casarão.

Emma acompanhou o fluxo de pessoas que carregava os *ealli* para dentro do celeiro. No local, viu renas, cavalos, raposas, guaxinins, pombos, cães, gatos e até mesmo alpacas acomodadas em setores especialmente climatizados. Lá era possível manter muitos animais acomodados em quartos especiais.

Emma foi espiar de perto onde seu *ealli* seria acomodado. Um corredor dividia quartos quentes repartidos para cada classe de animal. As pessoas faziam filas diante dos cômodos onde havia escrito uma plaqueta com letras garrafais: ROEDORES. De frente para outra porta, havia uma plaqueta com a descrição: FELINOS. Então, a menina passou a procurar pela seção de aves.

— Vocês colocarão água para eles? Quem vai limpar a sujeira? — um homem perguntou.

— Vocês devem assinar um termo de autorização para que seus animais fiquem instalados aqui. Os monitores, com vocês, ajudarão a manter as gaiolas limpas e organizadas. Precisamos garantir o bem-estar dos *ealli*.

Ruponi estava incomodado com toda aquela agitação de estranhos animais. Ele estava acostumado com pessoas, mas não com outros animais. Emma viu o falcão eriçar as penas do pescoço e abrir as asas no momento em que passaram pela seção dos roedores. Mas ela deu um cutucão em sua cauda, que imediatamente se curvou num piado baixo.

Emma estava um tanto curiosa para ver todos os *ealli* ali presentes. Ela sabia que havia sido a primeira a passar pela cirurgia do elo, que na língua *sámi* era chamada de *šaldi*. Sentia orgulho disso, já que, depois dela, foram permitidos muitos outros procedimentos como esse. As pessoas olhavam para Emma e comentavam, pois seu rosto era conhecido no mundo do *Symbiosa*. Quando sobreviveu e foi considerada curada após o delicado procedimento, a novidade chegou ao mundo e seu rosto infantil estava em todas as manchetes. Porém, isso fazia tanto tempo que mal podia se lembrar.

Emma era paciente de um raro caso de insuficiência cardíaca que não respondia aos remédios. Chegou a ver os portões da morte se abrirem para ela, quando teve a ajuda do doutor Bávva com seu conhecimento sobre o *šaldi* para que fosse realizado o *Symbiosa*. Poucas pessoas tinham a oportunidade de usufruir desse milagre, mesmo porque a misteriosa união de um animal para sanar a necessidade da saúde humana era algo considerado um efeito placebo por muitos descrentes. A ciência era incapaz de explicar esse tipo de milagre, associando muitas vezes a cura a um fator de estresse súbito. Em vista dos resultados obtidos após a cirurgia do elo, a medicina passou a aceitar esse ramo em alguns hospitais espalhados pelo mundo.

Por um lado, Emma se sentiu bem em estar em um lugar com tantos como ela: todos dependentes de uma união nada convencional com um *ealli*. Muitas vezes, foi vista nas escolas ou nas ruas como uma aberração inventada por um médico *sámi*, como as pessoas costumavam se referir a Bávva, talvez por preconceito ou por não lembrarem de seu nome. Aquela revolução na medicina criou inúmeros aliados que passaram a apoiar o procedimento. Mas, na mesma medida que fez aliados, fez também inimigos.

Gaiolas com arminhos, furões, martas e macacos passaram simultaneamente pela entrada do longo celeiro. Ruponi arregalou os olhos, interessado, e Emma o olhou outra vez com reprovação.

— Não pense que estão aqui para você encher a moela, se é que você tem uma.

Gaiolas com faisões, codornas, pardais e marrecos também cruzaram seu caminho. Até que o celeiro não era tão pequeno quanto aparentava do lado de fora. Todos os aposentos eram muito limpos e organizados com suas mesas e balcões cheios de rações especiais para cada tipo de animal, galões de água, jornais velhos, substrato natural de lascas de madeira e sacos de lixo.

Emma ouviu a voz alta de uma garota entre tantos latidos de cachorros que vinham da ala ao lado.

— Nós podemos ficar com eles? Eu não queria deixar meu *ealli* preso. — Naquele momento, Emma viu um carcaju. Sua dona tinha os cabelos rosa e tranças. Devia ter a mesma idade que ela.

— Não se preocupe, será apenas por hoje, durante a reunião. Depois terão um tempo para ficar com eles — respondeu um dos monitores.

A menina de cabelos rosa entregou a gaiola com o carcaju e fez uma careta.

— Não se preocupe, logo venho te buscar — disse. E o animal soltou um chiado estranho que Emma interpretou ser a forma como os carcajus choravam.

Quando encontrou a ala das aves, Ruponi esticou o pescoço, observando todos aqueles animais, ou talvez possíveis presas. Emma sabia que ele tinha uma queda por presas pequenas, pois, de vez em quando, ele voava pelo parque e capturava pequenas aves.

Para a surpresa de Emma, Martina apareceu logo atrás com o poleiro de Ruponi. O falcão piava parecendo extasiado com o alvoroço dos pássaros.

— Desculpe, Rupo. Vou ter que deixar você aqui — respondeu, colocando a ave no poleiro ao lado de uma gaiola com um papagaio trepado nas grades. Quando se virou, viu a mãe assinando os papéis.

— Certo. Esse documento informa a presença do Ruponi em seu poleiro. — Ela se virou e caminhou quase correndo para a saída. — Vamos, não aguento ficar aqui.

As pessoas se aglomeravam ao redor da entrada do casarão, recolhendo-se do frio. Uma mulher, que aparentava quarenta e poucos anos, cabelos loiros presos em coque, muito bem vestida em um terno branco, recebia a todos com um sorriso acolhedor que pareceu familiar a Emma.

— Por favor, acomodem-se no saguão de entrada — apontou para os inúmeros pufes, tapetes felpudos, poltronas e cadeiras confortáveis. — Há duas lareiras abastadas para aquecê-los.

O casarão era construído em madeira, iluminado por abajures que ficavam perto das janelas circundadas por plantas que pendiam de vasos e enfeites rústicos. Emma olhou para o lugar como uma oportunidade de explorar e encontrar tesouros para desenhar. Desejou que tudo isso passasse logo para que finalmente se sentasse com seu caderno de esboços, pois ainda era preciso enfrentar as formalidades costumeiras dos encontros e "blá-blá-blás". Aproveitou para saborear sucos que eram servidos em uma mesa, ao lado de pequenos pratos de sopa com torradas. Todos os tipos de queijos e embutidos esperavam para ser atacados. Emma levava à boca torradas com salame e patê de queijo, enquanto reparava nos outros jovens que estavam ali também.

"Até que não há tantos idosos assim", pensou aliviada por um lado, já que teria pessoas com idades próximas à sua para conversar. Ela imaginava que os idosos eram os que mais precisavam do *Symbiosa* para se aliviarem do peso de suas doenças. Então, num momento de distração, focalizou um garoto de cabelos loiros até a altura dos ombros, vestido com uma jaqueta de esquiar muito bonita, que chamava a atenção.

"O.k. talvez eu esteja olhando porque ele é bonito mesmo", pensou, às vezes virando os olhos para o chão e do chão para ele, até Martina chegar a seu lado.

— Talvez essa colônia seja mais legal do que ficar em casa jogando *videogame* — ela falou para a mãe, que devolveu um sorriso.

— Estou decidida a melhorar a decoração de casa — falou, definitivamente encantada com os abajures adornados próximos aos vidros das janelas. Aquele efeito da luz nas janelas causava um sentimento acolhedor a quem quer que olhasse. Emma dizia "ahãs" para fingir que prestava atenção às minúcias em que a mãe reparava.

Emma notou que havia também uma bonita garota indiana, com cabelos trançados e um casaco bordado num mosaico bronzeado. Um leve aroma de sândalo passou por perto de Emma quando a garota foi à mesa pegar um suco.

Quando todos pareciam já estar reunidos no interior do saguão de entrada do casarão, a moça loira e elegante juntou-se a eles.

— Espero que estejam gostando dos aperitivos. — A atenção de Emma se voltou para o homem alto e de meia-idade que estava ao lado da moça e o qual já havia visto em fotos, mas cujo nome não lembrava.

— Está tudo muito gostoso, não consigo sair do lado da mesa — assumiu um garoto magro de óculos com lentes grossas. As pessoas ali riram, talvez envergonhadas pelo comentário colocado num momento como aquele, ou, talvez, alegres por ele quebrar a solenidade.

— Muito bom — continuou a moça que falava ao grupo de quase quarenta pessoas. — Gostaria de agradecer a todos por terem saído do conforto de seus lares para estar aqui conosco na colônia. Eu me chamo Maja, e este a meu lado é o doutor Fridtjof. Somos médicos da FEMS, Federação Médica do Symbiosa, e responsáveis pela estadia que terão durante este recesso de fim de ano. — A moça falava sem tirar o sorriso do rosto. — Este é o primeiro encontro na colônia dedicada ao *Symbiosa* e tem o intuito de melhorar a relação entre vocês e seus respectivos *ealli*. Aqui terão uma oportunidade para aprimorarem seus conhecimentos sobre o funcionamento da FEMS e passarão a conhecer melhor como o *ealli* interfere em seu comportamento e como seu comportamento reflete nos *ealli*. — Então fez uma longa pausa e suspirou parecendo preocupada. — Vocês devem estar se perguntando por que os convocamos no recesso de fim de ano, bem no inverno, e não para uma colônia de férias de verão. Os obtentores do *Symbiosa* terão que passar o Natal conosco este ano. Mas para os próximos anos, a FEMS pretende realizar as colônias durante o verão para que, no inverno, vocês possam passar o período natalino com suas famílias.

As pessoas murmuraram entre si parecendo satisfeitas. Maja continuou enquanto ajeitava o lenço que levava ao pescoço:

— A FEMS conseguiu comprar este casarão por meio de fundos arrecadados pelo querido doutor Aron Eriksen, um homem que dedicou sua vida à descoberta de métodos de tratamento e cura alternativas. Ele foi um dos fundadores da Sociedade Científica dos Produtos Naturais e acreditava no potencial do *Symbiosa* como um método de cura que deve ser levado a todos. Este local servirá como base de estudo e orientação aos obtentores do *Symbiosa*. Graças à credibilidade que a federação vem alcançando com o auxílio da medicina e da ponte que construímos com os *ealli*, podemos propiciar este conforto a vocês. Gostaria então de uma salva de palmas por todas essas conquistas e para o doutor Bávva que, infelizmente, não pôde estar presente neste momento tão especial.

O ecoar da salva de palmas encheu o ambiente como o som de uma forte chuva. A maior parte das pessoas pareceu empolgada e satisfeita; afinal, obter um *ealli* era como ganhar uma segunda chance na vida, e elas deviam tudo àquele tipo de medicina misteriosa.

— Vou pedir a todos os menores de idade que subam com seus pertences e se acomodem nos quartos. — Maja olhou a lista que tinha em mãos. — Os monitores, Roy e Stina, acompanharão vocês. Enquanto isso, Fridtjof e eu conversaremos com os mais velhos um assunto que compete a nós. Mais tarde desçam para se despedirem de seus familiares, o.k.?

— Gostaria de saber quando poderemos ficar com nossos *ealli* — disse a garota de cabelos rosa.

— Amanhã poderão ficar com eles a maior parte do tempo — garantiu Maja.

Emma subiu as escadas rapidamente, quase entediada por ter que ouvir tudo aquilo. Roy, o monitor, que devia ter cerca de dezessete anos, separou o grupo entre meninos e meninas. Então, Stina guiou o grupo de garotas até o corredor dos dormitórios, distribuindo os quartos entre elas e mostrando onde ficavam os lavatórios.

— Seu *ealli* ficará bem se você não o vir esta noite? — perguntou Emma à garota de cabelos rosa.

— Eu duvido. Quase nunca nos separamos — falou olhando para os tênis vermelhos.

— Estou pensando em dar um pulo no celeiro mais tarde — anunciou Emma dando um sorriso alongado. — Mesmo que ninguém me veja fazendo isso.

— Jura? — A menina riu. — Como você se chama e de onde vem?

— Emma. Moro em Narvik, mas sou portuguesa.

— Eu sou Petra. Sou alemã.

— Muito prazer — falou estendendo a mão.

As garotas acomodaram seus pertences num armário e conferiram os beliches, travesseiros e cobertores que iriam usar naquela noite. Emma e Petra dividiriam o quarto com outras cinco garotas.

— Sobre o que vocês acham que eles querem conversar? — perguntou Emma para as garotas que não conhecia.

— Talvez estejam falando sobre o treinamento — disse uma loira grandalhona que parecia filha legítima de *vikings*. — Querem explicar aos adultos o que farão conosco.

— Sinceramente, eu não acho que seja isso — contrariou Petra.

— Talvez eles tenham alguma má notícia — sugeriu Emma quando bateu os olhos em um gato de pelúcia sobre o travesseiro de Petra.

— O.k. esse aí é só para eu escorar o travesseiro — a garota de cabelos rosa tentou explicar. Mas viu que olharam incrédulas para ela e dela para o gato velho e amassado. Então outras duas garotas tiraram um coelho furado da mochila e um urso sem um olho, e tudo estava resolvido.

— Ou talvez estejam pedindo dinheiro — disse a menina com óculos e rabo de cavalo que, provavelmente, não percebeu os bichos de pelúcia.

— Quem consegue investimento internacional como a FEMS, jamais vai pedir dinheiro a nossos pais — completou uma garota negra com tranças coloridas.

— Talvez os doces que sobraram — disse a menina loira e grandalhona — fossem *donuts* recheados com *blueberries*. Mandaram a gente subir quando sobraram alguns desses na mesa.

Emma riu. A menina negra de tranças coloridas olhou para cima e virou os olhos, não acreditando no que acabara de escutar.

— De qualquer maneira, só vamos saber depois desta reunião — Emma preferiu cortar o assunto. — Vocês já viram o banheiro? Espero que o chuveiro seja bem quente.

— Moro na ilha ao lado, em Tromsø, e lá a água é quente — disse a garota de óculos, parecendo um tanto chateada por ter que estar ali.

— Você mora em Tromsø? — perguntou Emma. — Meu amigo nasceu lá e foi morar em Narvik quando fez dois anos — explicou. — Acho que uma tia-avó dele, Lill-Tove Johansen, ainda mora lá, se não me engano.

— Puxa, que mundo pequeno! — A menina mostrou os dentes num sorriso enorme. — Ela foi minha professora no primário!

— Uau, vou falar com Jonas a seu respeito — Emma sorriu. — Como você se chama?

— Anne — respondeu a menina sorrindo e colocando os cabelos soltos atrás das orelhas. — E você?

— Emma. Sou de Narvik. Ah, essa aqui é a Petra, da Alemanha.

— Na verdade, sou de Mainburg — falou com sotaque alemão e acenou com um tchauzinho.

— E vocês? — Emma adiantou. Era preciso fazer amizades, já que teria que passar o fim de ano com elas. Talvez isso fosse melhor que só ficar desenhando.

— Frida. Sou da Islândia — falou a garota loira e robusta.

— Calila, de Bangalore, Índia — respondeu a garota morena com casaco de mosaico.

— Eu sou Diana. Venho da Zâmbia — disse a garota negra com tranças coloridas.

— Uau! — exclamou Emma e as outras garotas. — Zâmbia, Bangalore... Teremos bastante coisa interessante para conversar.

As meninas falavam sem parar enquanto organizavam tudo. Calila e Frida saíram para ir ao banheiro, enquanto Diana regulava o ar quente do quarto.

— Não gosto do frio daqui — disse. — Meu país é quente e as pessoas cantam nas viagens.

— Aqui as pessoas só cantam em ocasiões especiais, Diana — contou Emma. — Acho que elas precisam de motivos para cantar.

— Na minha aldeia, cantamos quando chove, quando conseguimos comida e também para chamar a proteção dos deuses.

— Na Alemanha, as pessoas cantam quando é Natal ou na *Oktoberfest* — murmurou Petra com um sorriso torto. — Podíamos cantar mais como no seu país. Acho que as pessoas seriam menos chatas.

Diana riu e então todas se viraram para ver Frida e Calila entrarem no quarto, abrindo a porta num susto.

— Eles nos impediram de descer — falou Frida sobressaltada.

— Eles? — fez Petra.

— Os monitores estão guardando as escadas para garantir que ninguém desça — explicou Calila como quem viu um fantasma.

— Que estranho! — murmurou Emma. — Para que todo esse mistério?

— Eu não sei, mas não gosto disso — queixou-se Petra. — Estão escondendo alguma coisa da gente e detesto ser a última a saber.

Capítulo 7

Quando finalmente foram chamadas para descer, as garotas procuraram entender o motivo de todos estarem com cara de quem viu uma nave abduzindo uma baleia. Essa reunião tão esperada devia ter sido realmente um fiasco.

— Peço desculpas pela demora em chamá-los — anunciou Maja, não demonstrando mais aquele sorriso simpático e cativante. Parecia um tanto preocupada. — No entanto, essa reunião foi de suma importância para tomarmos algumas decisões. Nós, da federação, temos a autorização de seus pais para compartilhar informações que vêm nos preocupando de forma agravante. Você pode prosseguir, Fridtjof? — disse, deixando o colega de barba malfeita e olhos claros tomar a frente. Então, foi a primeira vez que Emma e os outros jovens ouviram sua voz.

— Além do treinamento básico com o *ealli*, todos vocês receberão um treinamento especial contra criminosos que vêm ameaçando a existência do *Symbiosa* — falou roucamente como quem fumou muito durante a vida e, a seguir, ajeitou os óculos sobre o grande nariz. — Em breve, todos vocês verão que cuidado excessivo será o mínimo de agora em diante. Tudo o que será dito aqui deverá ser mantido em sigilo e esperamos contar com o apoio de vocês.

Maja olhou para Fridtjof de forma reprovadora. Emma logo compreendeu que o olhar da moça revelava um *"ótimo, você conseguiu deixar todos assustados como na entrega das notas da prova de Física!"*. Mas seu olhar não o intimidou. Pelo contrário, parecia que isso só o encorajou a falar mais:

— Estamos sob a ameaça de inimigos. Facções vêm crescendo ao redor do mundo — explicou. — Todos reconhecem a importância da federação para a execução do *Symbiosa* de forma segura. Para tanto, legalizamos a criação de determinados animais em cativeiro; fornecemos ao paciente a visita aos recintos nos quais terá a chance de ser escolhido por um *ealli* antes do procedimento cirúrgico, quando seu estado ainda não é tão crítico; o *Symbiosa* só poderá ser executado com o animal que escolher o paciente. Somente assim o *šaldi* é completado de forma efetiva, aumentando a expectativa de vida de ambos e sem complicações. É como um órgão doado a um paciente compatível.

Até aquele momento, Emma, assim como muitos outros ali presentes, conheciam as regras que a federação impunha para se obter o *Symbiosa*. A revista bimestral que circulava pelas cidades era cortesia aos confederados. A revista tinha o intuito de tirar quaisquer dúvidas sobre o funcionamento da federação e as leis que a protegiam.

— O mercado negro de *Symbiosa* cresce a cada ano. Nesse procedimento ilegal, os *ealli* não escolhem o paciente com quem dividirão a vida. Há casos descritos de pacientes que, durante a construção da ponte, transferiram a doença para o animal, ocasionando a morte de ambos em poucas horas. — Fridtjof engoliu seco. Ele sabia que estava assustando as pessoas, mas sabia que era certo preparar a todos para a realidade.

Aquela informação era tão terrível que Emma se perguntou que paciente seria capaz de se sujeitar a esse tipo de coisa ilícita e tão perigosa. Então se lembrou do desespero de seus pais quando quase morreu por causa de sua doença cardíaca. O desespero muitas vezes leva as pessoas a seguirem caminhos curtos sem pensar nas consequências. Em geral, havia uma fila para que a federação atendesse os mais necessitados. No entanto, de alguma forma, nem todos os animais eram compatíveis com os pacientes, e ninguém sabia explicar por quê.

— Há poucos meses soubemos que uma instituição de pesquisa clandestina tem realizado experimentações absurdas com animais e humanos. Eles tentam recriar o *Symbiosa* entre um humano e mais de um animal. A ideia é tentar aumentar ainda mais a sobrevida de pacientes obtentores do *ealli*. No princípio, pode parecer uma atitude inteligente. Entretanto, esse tipo de ponte poderá levar ser humano e animal a se perderem numa selvageria mental sem volta. Só este ano, perdemos mais de cinquenta pessoas e inúmeros animais que passaram pela cirurgia do *Symbiosa* na clandestinidade — Fridtjof franziu o cenho. — Entendam uma coisa, antes de também irem parar num laboratório desses ou indicar parentes para lá: o ser humano não nasceu para viver mais do que cem anos. Portanto, não me venham com absurdos egoístas e egocêntricos de que podemos ser eternos, caso contrário, vão terminar como esses cinquenta que se foram.

— Ele está realmente bravo — sussurrou Emma para Petra, que concordou com um aceno.

— Fridtjof... — Maja sibilou pelo canto dos lábios. Foi quando o homem olhou para ela, percebendo que estava se excedendo, mas logo emendou mais palavras:

— Digo tudo isso para contar a vocês que seus pais os autorizaram ao treinamento especial em nossa colônia, bem como a prestar auxílio às vítimas de facções que agem contra o *Symbiosa*. A polícia está investigando esses grupos criminosos e, em breve, teremos mais notícias. Bávva, nosso presidente, infelizmente não está presente para resolver problemas dessa magnitude.

Quando a reunião terminou, houve certo tumulto de vozes. Os pais sabiam que seria arriscado envolver seus filhos. No entanto, seus próprios filhos corriam perigo se caíssem nas mãos desse tipo de inimigo. Todos sabiam da dificuldade que era passar pelo processo do *Symbiosa*, ser aceito por um *ealli* e sobreviver ao *šaldi*. O processo exigia muito estresse físico e desgaste emocional.

Foi nesse tumulto nada agradável que Emma e os outros garotos e garotas se despediram de seus familiares. Um clima de tensão tornou o olhar de todos uma sombra de guerra. A colônia de fim de ano havia passado de empolgante a decepcionante, como se todos fossem morrer antes de o Natal chegar. Fridtjof quis enfatizar o real problema e acreditava que todos deviam saber a veracidade do perigo, mesmo que fosse noite de Natal. Afinal, a verdade é a verdade.

Martina beijou a filha e a abraçou longamente, como se não fosse vê-la por um ano.

— Minha filha, não sei se fizemos bem em aceitar que os envolvessem nesses problemas. Vocês são muito jovens. Mas é preciso que estejam preparados para a vida que terão ao lado desses animais.

— Vou ficar bem, mãe. Quem viria até este fim de mundo para nos prejudicar? — Foi naquele momento que ela se lembrou do gato encontrado na biblioteca da escola. Chegou a pensar se essa loucura não teria sido obra de alguém que gostaria de provocar a direção ou a bibliotecária da escola.

— Tchau, mãe. Te amo.

Martina beijou mais uma vez a filha e saiu do confortável casarão quentinho para o frio do ambiente externo.

Emma subiu as escadarias com Frida e Anne, que também não pareceram muito animadas.

— O que você acha que vai acontecer conosco? — Frida penteava os cabelos loiros com força, arrebentando uma centena de fios. — Será que vamos servir ao exército?

— Eu... eu não gosto deste lugar — respondeu Anne, desviando dos riscos do chão e depois saltando três ripas de madeira para alcançar a cama. Aquela cena pareceu assustar as meninas, mas logo fingiram que não haviam percebido que ela tinha um tipo de TOC. — Não vejo a hora de acabar o ano.

— E começarem as aulas? — Petra tremeu ao entrar, ao lado de Diana e Calila. — Nem morta! Prefiro este fim de mundo sem cinema, com uma floresta misteriosa engolindo este casarão, a uma sala com giz e lousa e uma professora de álgebra me olhando como se eu fosse uma toupeira.

As meninas riram. Mesmo assim, o clima estranho da última reunião não se esvaiu com facilidade. Permaneceram caladas por instantes, mas não aguentaram muito tempo.

— O monitor charmoso acabou de nos avisar que amanhã de manhã começa o treinamento — disse Petra.

— Será que vamos jantar? — Frida entreabriu a porta e olhou o movimento nos corredores. Estavam quase vazios. — Ou vamos ficar só naqueles lanches?

— Você ainda tem fome? — Emma arregalou os olhos para a menina *viking*. — Eu não aguento comer mais nada.

— Pelo visto a noite já era — completou Petra. — Depois dessa reunião ninguém vai querer fazer mais nada por hoje. Não dá para negar que tá todo mundo preocupado. Havia pensado em ir lá ver o meu *ealli*, mas está nevando tanto que desisti.

— Acho que o melhor é tomarmos um banho para relaxar — falou Emma pegando suas coisas e saindo do quarto. Então, achou melhor ver Ruponi no dia seguinte, talvez fosse mais seguro.

Deitada, já para dormir, ela lembrou de olhar o celular. Havia uma mensagem de Jonas, enviada havia algumas horas.

> **Jonas:** *Você chegou bem?*
> **Emma:** *Cheguei sim. Aqui é bem afastado de tudo, mas parece legal para gravar um filme de terror.*

Jonas visualizou rapidamente aquela mensagem. Então, escreveu:

> **Jonas:** *Fiquei pensando no que aconteceu ontem. Não consegui parar de pensar. :(*
> **Emma:** *Eu também ainda estou chocada com isso. :(Você tem certeza que não viu ninguém suspeito por lá na biblioteca?*
> **Jonas:** *Absoluta. Não vi ou escutei ninguém. Acho que o gato já estava havia um dia lá e ninguém viu...*
> **Emma:** *Mas eu vi uma sombra no laboratório. Tinha alguém lá. Tenho certeza disso.*
> **Jonas:** *Credo! Suspeita de alguém? D:*

Emma demorou para responder. Pensou por uns minutos e simplesmente acrescentou:

Emma: *Acho que este lugar vai me ajudar a descobrir.*
Jonas: *Minha avó entrou no quarto e disse que estou de castigo. Ela vai cortar a internet :(*

Emma suspirou irritada com aquilo. Não era justo pagarem por algo que não tinham culpa. Pelo menos, seria só por uns dias...

Capítulo 8

Os celulares programados como despertador tocaram, e Emma pensou que ainda fosse madrugada. Virou para o lado e viu uma luz entrar pela veneziana. Então se lembrou de que não estava em casa. Não demorou e outros celulares tocaram. Calila e Diana já estavam sentadas em suas respectivas camas, prontas para se levantarem. Essa primeira manhã, num local desconhecido, ao lado de pessoas também desconhecidas, era uma experiência um pouco desconfortável para Emma, pois não costumava dormir fora de casa.

Quando desceram a escadaria, se depararam com uma grande árvore de Natal envolta por enfeites. Por alguns instantes, aquela imagem fez todos esquecerem a reunião do dia anterior. Foi bom lembrar que estavam em clima natalino.

Uma grande cozinha, que mais lembrava um salão medieval, tinha as longas mesas postas com vários tipos de pães, frios e bolinhos doces. Sucos naturais, café, chá, leite e iogurte acompanhavam todas aquelas guloseimas, assim como ovos, *bacon* e arenque em vários tipos de conserva. Bolos e geleias também estavam na lista de Emma, que rapidamente pegou um prato, enchendo-o com doces. Frida fez o mesmo, lotando logo dois pratos com bolos e geleia de morango.

— Caramba, isso é melhor do que eu pensava — tremeu Frida de forma estupenda. — E ainda tem os queijos...

— Por que você não começa comendo o salgado? — Petra perguntou.

— Você está maluca? Os doces são os mais cobiçados e os primeiros a acabar.

Emma se sentou ao lado de Petra e Frida durante a refeição. Todas as mesas foram ocupadas pelos confederados. Adultos, idosos, crianças e adolescentes também faziam parte desse grupo.

Pelo menos esse dia havia começado muito bem, por mais que acreditassem que teriam muito trabalho pela frente.

— O que vocês acham que vamos aprender? — Emma perguntou às garotas. — tae kwon do? Karatê?

Petra gargalhou e completou:

— Será que eles vão mandar a gente usar aquelas roupas legais coladas no corpo, como os agentes secretos dos filmes?

— Pelo menos aqui tem garotos bonitos — completou Emma, olhando para o tal jovem loiro de olhos verdes imponentes e que não largava a jaqueta de esquiar. Ele tinha cabelos tão bem-arrumados que, de costas, podia ser confundido com uma garota.

— Pelo menos aqui tem comida. E da boa. — Frida não tirava os olhos do prato enquanto mastigava.

— Você só pensa em comida? — Petra pegou um bolinho de maçã.

— Vocês só pensam em roupas e garotos? — retrucou sem olhar para elas, levando mais um pedaço de queijo à boca.

Emma e Petra entortaram a boca e não insistiram mais no assunto. Foi nesse momento que dois dos monitores entraram no refeitório conversando animadamente.

— Bom dia a todos, eu sou Roy e esse é o Torsten. Esperamos que estejam apreciando o café da manhã. Quando terminarem, dirijam-se ao celeiro para que seus *ealli* sejam cuidados — falou animado, dando a impressão de que a tensão do dia anterior tivesse sido apenas um pesadelo distante.

Foi assim que, fartas, Emma e Petra logo deixaram as mesas, com Frida ali compenetrada. Seguiram o fluxo de pessoas que saía do casarão e percorreram o caminho de pedras e neve até o celeiro. Bem ali, Emma ouviu latidos, relinchares, regougares, gritos e piados de aves. Ela estava ansiosa para saber se Ruponi havia dormido bem naquele lugar estranho e junto a tantos outros animais.

Os monitores circulavam pelo celeiro com baldes de água, sacos de ração e outros alimentos que distribuíam pelas alas dos animais.

Emma deu de cara com Calila. A indiana também estava diante da ala das aves.

— Oi, Emma. Seu *ealli* também é uma ave?

— Sim, eu tenho um falcão-peregrino — respondeu, feliz por ter com quem conversar sobre aves.

— Eu tenho um corvo, na verdade é um *raven*! — Calila deu um largo sorriso e logo Emma entendeu que os *ravens* eram corvos maiores que os normais. — Venha conhecer o Pankh.

A garota conduziu Emma pelo salão desviando de pessoas, ração e viveiros até se deparar com uma ave negra e reluzente.

— Este é o Pankh. Ele é um fofo — comentou passando a mão no papo da ave. — Onde está seu falcão?

— Uau, ele é lindo demais! — concordou Emma e, a seguir, levantou os olhos para procurar por Ruponi. Então, escutou um grito agudo e engraçado chamá-la.

— O Ruponi está bem ali — respondeu caminhando para o outro lado do salão onde o viu empoleirado, oferecendo a cabeça para ser acariciada.

— Uau... — ela falou com um forte sotaque estrangeiro. Calila ficou maravilhada com a beleza da ave de rapina. — Lindo! Nunca tinha visto um falcão de perto.

Emma colocou a luva e pegou Ruponi da gaiola. Ele eriçou as penas de forma manhosa, pedindo o carinho da dona. Um crocitar agudo e ciumento logo atrás fez Calila se virar levando as mãos aos ouvidos.

— Tá bom, já estou indo, Pankh.

Emma pegou carne fresca na geladeira e alimentou Ruponi. Limpou o chão do poleiro e, quando menos esperava, viu que outras pessoas estavam ao redor dela, admirados com a beleza de Ruponi. Era o único falcão ali.

— Que ave incrível! — falou um homem admirando as cores de suas penas em tons de preto sobre o marrom.

— Foi ele mesmo quem a escolheu? — disse uma menina mais velha, chegando bastante perto, o que fez Ruponi querer avançar.

— Claro que foi ele quem a escolheu — replicou o garoto que devia ter a mesma idade que Emma e usava óculos.

Era possível ouvir perguntas como essa de pessoas que estavam satisfeitas com seu próprio *ealli*. Algumas vezes, demonstravam preferir um animal que pudesse oferecer algum *status*, que simbolizasse ser mais nobre do que outros. Algumas pessoas não gostavam de ter um camundongo ou um coelho como *ealli*, mas essa escolha não estava no poder de ninguém, a não ser dos próprios animais.

O garoto de óculos virou-se de lado para Emma e mostrou a sua bela ave cinza que estava sobre seu ombro.

— Este é o Google — apresentou a ela.

— Uau! Um papagaio africano? — Emma adorava aves e costumava ler tudo sobre elas. — Eles são mesmo lindos!

O garoto com o papagaio abriu um sorriso e levantou as sobrancelhas um tanto feliz. Nesse momento, o papagaio começou a dançar no ombro dele.

— Me chamo Inigo. Como você se chama? Acho que podemos fazer uma bela dupla com nossos *ealli*, o que acha, hein?

— Eu sou Emma e este é o Ruponi. — Emma olhou por cima das pessoas procurando por sua amiga indiana, como se desejasse fugir dali com seu falcão.

Calila se aproximou para ver o papagaio-cinzento com a bela cauda vermelha.

— O louro me ajuda a ficar acordado, sabe? Tenho narcolepsia ou, talvez, tinha. Acho que não tenho mais esse problema. Então, quando estou acordado, quero fazer as coisas logo, antes que eu durma outra vez. O Google é bastante agitado, sabe? Conversa comigo quando estou sozinho, porém é meio tímido na frente das pessoas, e muitas vezes, fica agitado. Deve ser por isso que não consigo dormir agora, na sua frente, por exemplo. Mas, em alguns momentos, vejo que ele é bastante dorminhoco. Acho que pegou isso de mim — disse Inigo sem parar.

Era como se elas fossem as primeiras e únicas garotas com quem ele conversaria na vida. E ficou falando por longos minutos sozinho, sem dar a chance de outra pessoa dizer alguma coisa.

— Puxa, que interessante! — falou Emma olhando para Calila e sorrindo, se lembrando que havia um treino que começaria em breve. Ela logo entendeu que a vontade de falar de Inigo provavelmente era um efeito colateral do papagaio sobre ele. Ou, talvez, ele fosse assim desde sempre.

— E vocês? Por que têm um *ealli*? — O garoto olhava para Emma com um sorriso esticado e o peito estufado, como um papagaio pousado que se acha imponente.

— Bem, eu... — disse Emma um pouco embaraçada — tinha insuficiência cardíaca congestiva, que não respondia aos remédios.

— E meus rins não funcionavam bem! — contou Calila.

— Caramba, que legal, quer dizer, que chato isso. Foi muito bom conhecer vocês — falou, por fim, Inigo, parecendo anestesiado. — Logo mais nos encontraremos na biblioteca.

— Biblioteca? — Emma não conseguiu entender.

— Haverá uma reunião com todos na biblioteca. Escutei um monitor avisando. Aquele tal de Roy. — Inigo fez menção de que ia levar o papagaio de volta ao viveiro quando continuou: — Querem que eu leve vocês até lá? Eu mostro o caminho, se quiserem. Ou, se não quiserem, posso ficar aqui mesmo onde estou.

— Não precisa — Emma respondeu enquanto Calila tampou a boca para não rir alto. Virou as costas e levou o corvo para sua gaiola. — Nós sabemos onde fica.

Quando Inigo saiu de perto, Calila viu Emma guardando Ruponi, vermelha.

— Ou ele sabe que está sendo direto ou nem imagina que está sendo — falou Emma para Calila, que deu um risinho.

— Eu acho que ele nem sabe que está falando como um papagaio.

Na saída do celeiro, as garotas encontraram Petra conversando com o monitor Roy. O rapaz ruivo, de olhos claros, ajeitou o crachá sobre o peito e pediu licença quando as garotas se aproximaram. Petra despediu-se rapidamente dele e, vermelha, acompanhou as amigas até o casarão sem olhar diretamente para elas.

— Você viu como ele estava olhando para você? — Calila abriu um sorriso vendo que pegou a garota desprevenida.

— Não, claro que não! Não é nada! — Petra ficou tão vermelha que o rosa de seus cabelos pareceu desbotado.

— Uau! — fez Emma. — Ele parece ser um cara bacana e é um pouco mais velho. Isso é legal.

— Mas você não está para trás, Emma! — riu Calila. — O Inigo deu mole pra você!

Emma ficou rubra e levou as mãos ao rosto, colocando a língua para fora.

Petra e Calila riam enquanto caminhavam pelo salão principal do casarão. Stina, a monitora, entregava panfletos com o cronograma do curso de inverno. Então, um aglomerado de pessoas parou diante de uma grande porta dupla adornada sob um mezanino, próxima à escadaria de acesso aos dormitórios, discutindo as atividades que aconteceriam.

Emma viu que alguns jovens perambulavam por um *hall* que dava acesso a outro salão movimentado, adornado com um belo tapete sobre o piso de pedra e algumas lamparinas presas à parede. Além do *hall*, havia outra porta dupla, entalhada e pintada em tom de marfim. Emma fixou seus olhos de forma hipnótica, notando que os desenhos lembravam fabulosas entidades druídicas que costumava ver em alguns jogos de *videogames* com temas medievais.

— Parece que nosso primeiro treinamento será mesmo nesta biblioteca, mas bem que podia ser nessa sala legal depois do *hall* — falou Calila olhando o cronograma.

Maja surgiu com uma grande chave em mãos. Ela tinha um sorriso no olhar, a mesma expressão simpática de quando falou com todos os presentes no dia anterior. Dessa vez, usava um suéter azul que combinava com a cor dos olhos. Emma ficou mais aliviada por ver que não seria treinada por Fridtjof.

Maja deslizou a porta da biblioteca. Nesse momento, foi iluminada pelas belas janelas que permitiam a entrada de uma penumbra natural azulada. Era comum para quem vivia no Norte da Noruega se deparar com manhãs escuras como a noite. Afinal, durante os meses de inverno no Ártico, boa parte do período diurno ficava imerso em uma escuridão chamada de noite polar. Os estrangeiros olhavam maravilhados para aquele fenômeno e para a impecável biblioteca.

— Uau! — Petra deixou escapar. — Isso é incrível. Acordar e ver que a luz do dia é na verdade tão escura... Eu me sinto embaixo da água quando olho para esse azul...

— Então você precisa ver as auroras boreais... — falou Emma se sentindo privilegiada por vivenciar aquilo em Narvik. — Quando o céu está completamente negro e limpo, elas geralmente aparecem.

— Eu preciso muito ter a chance de ver isso! E elas se mexem de verdade?

— Quando estão fortes, chacoalham tanto que parecem até mesmo fazer um ruído dentro da nossa cabeça.

Ciências, zoologia, ecologia, medicina, xamanismo, cultura nórdica e *sámi* faziam parte do grande acervo de livros. Então, Maja chamou as pessoas, distraídas com os títulos nas prateleiras, para se juntarem às longas mesas de madeira.

— *God morgen* — falou em norueguês e acrescentou: — Bom dia! Espero que tenham tido uma noite agradável. Este momento foi reservado para que possam tirar todas as dúvidas a respeito do *Symbiosa*. — Maja caminhou até o livro de capa escura que estava em uma das prateleiras e, em seguida, o pegou, segurando-o contra o peito. — Gostaria que alguns de vocês me contassem um pouco da experiência que tiveram com seus *ealli*.

Após um curto momento de silêncio ocasionado pela timidez, viram um homem erguer o braço. Ele devia ter cerca de trinta anos e usava um gorro com o símbolo do time de hóquei Chicago Blackhawks. Ele meneou a cabeça e em seguida sorriu.

— Meu nome é William. Jogava para os Blackhawks até o dia em que infartei durante um treino. — O homem coçou a nuca e esticou os lábios em um sorriso um pouco forçado. — Doutor Bávva praticamente me ressuscitou com o Pino. Sim, Pino foi o guaxinim que me escolheu. São eles que nos escolhem não é isso?

— Exato! E como foi sua experiência com seu guaxinim desde então?

— Bom... ele quebrou algumas coisas em casa. Não para quieto — disse William rindo. — E parece que acabei me tornando um cara mais agitado. Praticamente troquei a noite pelo dia.

— Há um caso em que a ponte foi realizada com uma coruja e o beneficiado pelo *Symbiosa* também passou a ter esse comportamento — completou Maja.

— Sim, foi comigo — falou uma senhora levantando a mão e sorrindo. — Eu era vegetariana, mas depois de Gigi, minha corujinha, senti necessidade de comer carne. Eu também sempre gostei de trabalhar com lã, e parece que isso despertou a vontade de Gigi desfiar tudo o que eu faço.

Uma garota de cabelos negros e cacheados, que devia ter quinze anos, levantou a mão.

— Eu sou Kendra. Fui vítima da paralisia infantil e fiz o *Symbiosa* com Blondie, minha serpente. — Ao dizer isso, a garota levou as mãos aos cabelos. — Acho que minha vaidade passou para Blondie, pois ela gosta de ficar enrolada em meus cachos e está sempre trocando de pele para ficar mais bonita.

"Mas isso qualquer cobra faz", pensou Emma levantando os olhos. No entanto, achou melhor ficar quieta.

As pessoas riram do comentário da garota, mas ela fechou a cara imediatamente. Manteve a postura ereta e continuou:

— Depois da ponte acho que me tornei mais focada e paciente. Blondie é assim. As serpentes são focadas e silenciosas.

— E se preparam para dar o bote — falou Inigo sem mais nem menos.

Naquele momento, Emma riu com todos, percebendo que a falta de noção de Inigo, no que devia ou não ser dito, poderia ter sido uma consequência do *Symbiosa* com o papagaio.

Um garoto levantou a mão em seguida. Era aquele garoto loiro com jaqueta de esquiar.

— Eu sou o Lean. Nasci com diabetes e um gato me escolheu. Ainda não sei dizer o que nós temos em comum, pois eu era muito pequeno quando o *Symbiosa* foi feito. Eu só lembro de hospitais antes de nosso elo existir e, portanto, não me conheço antes disso.

Emma pensou em levantar a mão, mas recuou ao ver Diana se manifestar, ao seu lado, primeiro.

— Meu nome é Diana. Tenho insuficiência renal e o *Symbiosa* com uma gazela possibilitou que eu voltasse a ter vida. Por isso, sou muito grata a ela e à federação. Não me importo com os defeitos dela, afinal, todos nós temos defeitos. Acho que peguei o gosto pela liberdade, por correr ao ar livre, como ela gostava de fazer nas savanas de onde veio. Somos grandes amigas e corremos juntas de vez em quando.

— Ótimo! — exclamou Maja. — Me parece que você conseguiu se adaptar bem ao seu *ealli*. Alguém sabe por que os *ealli* podem influenciá-los? Quanto o *Symbiosa* é capaz de interferir em nossa vida?

Diana levantou a mão mais uma vez.

— Aprendi com meu povo que os animais têm alma e personalidade. Então, eles são como nós. O *Symbiosa* interfere de alguma forma, com certeza.

— É por isso que são os animais que nos escolhem para fazer o elo! — falou Emma de uma só vez. Quando todos olharam para ela, sentiu seu rosto esquentar. Estava vermelha. — Eles devem enxergar alguma coisa na gente. Na nossa alma, talvez.

Kendra riu alto e balançou a cabeça de uma forma que Emma não gostou.

— É verdade! — concordou Frida dando um grito de empolgação. — Meu cachorro percebe quando estou triste melhor do que ninguém. Eles devem enxergar alguma coisa na gente. Minha avó diz que nada é por acaso, nem a escolha do *ealli* pelo obtentor.

Um tumulto de vozes ecoou pela biblioteca. Então um homem de mais idade falou:

— Eu tenho um pequeno peixe. Um betta, para ser mais preciso. Não tenho dúvidas de que este animal tem um elo com minha alma; afinal, é só ver a minha expectativa de vida!

— Eriador, este é o nome do senhor, certo? — falou Maja. — Pode nos contar mais sobre sua experiência?

— Estava com osteoporose acompanhada de câncer terminal — disse o velho homem alisando os bigodes, pensativo. — Certamente eu morreria disso! Mas vejam só, a princípio não acreditei no doutor Bávva. Mas estou aqui, bem vivo, livre da fraqueza dos ossos e com saúde perfeita! Graças ao meu peixinho, minha expectativa de vida aumentou. Não sei dizer o quanto, mas vejam só, era para eu ter morrido aos sessenta e cinco, e já estou com setenta! — Eriador tinha um brilho de emoção no olhar. — E por eu andar um pouquinho torto, meu peixe passou a nadar estranho — disse fazendo um gesto cômico, o que gerou risos.

— Vocês estão certos — concluiu Maja. — O *Symbiosa* é realizado com um *ealli* que reconhece a alma de seu futuro obtentor. Alguns estudos dizem que o animal pode ser capaz de farejar a doença no ser humano e, de alguma forma, ele pode escolher entre compartilhar ou não sua alma pelo elo que chamamos de *šaldi*.

— Como os médicos puderam saber que um animal me escolheu e não outro? — perguntou Lean.

— Antes do procedimento, você fica deitado numa sala especial e adaptada para isso. Permanece desacordado enquanto um de nós da federação leva os animais até onde você está. Lá, eles são soltos e observados por algum tempo. Destes, um pode se aproximar de você e ficar a seu lado como se não se importasse com nada, nem com a presença dos médicos. Outros podem se aproximar e, em seguida, se afastar. Estes animais de alguma maneira sabem o que está acontecendo. Doutor Bávva conta que quando seu avô fez o *šaldi* entre ele e sua rena, as auroras boreais cantaram *joikes* para que a rena entendesse que Bávva precisava dela para sobreviver.

— Mas um peixe escolheu Eriador? — questionou Lean. — Como seria possível isso?

— A federação dispõe de um viveiro com inúmeras espécies de peixes ornamentais para casos como esse — a moça olhou para Eriador e viu que o homem idoso também pareceu interessado pela resposta. — Não é recomendado que idosos cuidem de animais muito pesados e que darão muito trabalho. Peixes são mais fáceis de lidar.

— Meu peixe me reconhece onde quer que eu vá. Ele me escolheu, sem dúvida nenhuma! — Eriador falou com orgulho.

Lean riu do comentário e depois se sentou esparramado na cadeira. Então, Maja prosseguiu.

— Já aconteceu de não haver animal compatível com o futuro obtentor, e a federação não autorizar o *šaldi*. O *Symbiosa* só pode ser feito quando um animal escolhe seu futuro obtentor. Se não fosse dessa maneira, poderíamos correr o risco de passar a doença do humano para o animal, ou até mesmo de o humano perder sua consciência. O processo do *Symbiosa*, na verdade, é muito, muito delicado e precisa de consentimento.

Emma lembrou-se de quando Ruponi a escolheu. Ela estava numa sala especial e foi sedada. Estava dormindo quando o falcão apareceu. Ela devia sua vida a seu *ealli*, mas também o amava. Todos provavelmente temiam a morte como ela. Mas perder seu pai tão cedo trouxe a ela outro medo, de perder as pessoas à sua volta, assim, do nada.

— É por isso que reforço que todos vocês procurem na biblioteca por livros que expliquem o comportamento de seus animais, bem como seus hábitos. Isso os ajudará a conviver melhor com eles e a ficarem atentos com possíveis doenças que os *ealli* poderão desenvolver ao longo da vida. Se eles estiverem saudáveis, vocês também ficarão. — Maja apontou para uma estante cheia de grandes livros novos e antigos. — Ali temos toda a parte de anatomia e fisiologia que vocês precisarão. Livros de veterinária e comportamento animal estão do outro lado da biblioteca.

Depois da conversa, os confederados espalharam-se pela biblioteca, apanhando livros de seu interesse. Emma separou alguns sobre aves de rapina e veterinária de aves exóticas. Em seguida, espalharam-se pelo casarão, aguardando o almoço.

Deliciosos pratos com batatas e variadas carnes de peixes encheram as mesas, assim como saladas bem verdes. Cozinheiros e cozinheiras preparavam o banquete e, como se não bastasse, faziam também as rosquinhas fritas que Emma tanto gostava.

À tarde, ela e os outros se encaminharam para um salão com um grande tatame. Os monitores distribuíram os quimonos e, já vestidos com eles, ensinaram o grupo a forma correta de os vestirem. Segundo o cronograma, teriam uma aula sobre luta corporal, em que aprenderiam prática de defesa básica. Talvez aquilo fosse um modo lúdico de lidar com os problemas, ou uma maneira indireta de dizer que todos corriam, de verdade, grande perigo.

Emma congelou ao ver o senhor Fridtjof entrar pela porta em silêncio, vestido com um quimono todo preto e fortemente amarrado. Todos o olharam quietos, e um clima tenso pairou no ar por alguns segundos, que mais pareceram horas.

— Hoje vocês aprenderão a como dar um soco bem aplicado e de forma que não arrebentem os dedos. Aprenderão a evitar distender os músculos do cotovelo durante esse movimento. Vou ensinar também a dar chutes de modo que não fiquem mancos. Vamos começar.

"Simples e direto", pensou Emma.

Então, usando sacos de pancada, demonstrou como aplicar os golpes. Em seguida, solicitou que praticassem esses golpes, revezando-se.

Quando Emma se preparou mais uma vez para entrar na "fila dos socos", como passaram a chamar, viu Inigo, de repente, à sua frente, sorrindo e olhando fixamente para ela. Então, foi golpear o saco de pancadas com toda a força que era capaz de ter; o saco balançou desengonçado e acertou Inigo, que em seguida se desequilibrou e caiu. Emma balançou a cabeça sem paciência para aquilo e deu um passo adiante, enquanto o garoto se recuperava e saía do caminho acompanhado de risos. Emma acertou a meia dezena de chutes que aprendeu e rapidamente tratou de ir para o final da fila. Ela observava Diana, que parecia ter mais facilidade do que a maioria das pessoas; por isso, preferiu sempre ser uma das últimas, de modo que a observaria antes de tentar repetir os golpes. Mas a presença de Inigo perto dela a deixou estressada, e ela saiu da fila, indo rapidamente para o fundo da sala esperando que Fridtjof não percebesse.

— Senhorita Maia! — rosnou o homem com seu olhar fixo como o de uma serpente.

— Sim, senhor Fridtjof — respondeu, tentando não parecer afetada.

— Venha já aqui na frente! — falou em alto e bom som para que todos escutassem.

Emma caminhou com as faces rosadas, segurando a respiração, imaginando que pagaria muito caro por sair do treino. Ela havia assistido a *Karatê Kid* e lembrou o preço que pagava quem era indisciplinado.

— Eu só queria mudar de lugar! — arriscou-se a dizer, na defensiva.

— A senhorita não terá a chance de se incomodar com o lugar em que está quando vierem lhe arrancar a cabeça! — Fridtjof lançou-lhe um olhar feroz quando viu Emma abrir a boca para contestar. — Quero a senhorita treinando comigo às seis, durante duas semanas.

Naquele exato momento, Emma viu Kendra, a garota de cachos e cheia de si, ter acessos de riso, mas Fridtjof fingiu não ver.

— Pode voltar para seu lugar — comandou o treinador, e Emma simplesmente foi para final da fila, lançando um olhar fulminante a Inigo. Ficou apática durante o resto do treinamento, pensando na injustiça que havia acabado de sofrer. E tudo por causa daquele garoto sem noção!

Fridtjof demonstrava um golpe uma vez e olhava até que cada um do grupo finalmente acertasse o movimento. E caso isso não acontecesse, passava a olhar calado, esperando que a pessoa repetisse o movimento até entender onde estava errando. Seus olhos passaram por cima de Emma diversas vezes. Sequências de chutes em raquetes foram quase um desastre para os iniciantes. Emma reparou que alguns garotos tinham mais facilidade do que outros. Takashi era um garoto nipônico que já demonstrava conhecimento naquela arte. Ela também reparava nos movimentos que ele fazia, percebendo que, se o imitasse, não levaria broncas e evitaria os olhares fulminantes de Fridtjof.

Um pouco mais tarde, todos se vestiram para passar um tempo com seus *ealli*. Emma saiu antes de todos, com passos apressados, esperançosa de que não trombasse com ninguém que pudesse lembrá-la do que havia acontecido na aula de defesa pessoal. Correu até o celeiro e foi ao encontro de Ruponi. Viu que o falcão dormia com a cabeça sob a asa. Quando ele a notou, emitiu um piado alto e agitou suas penas.

— Rupi, não vejo a hora de ir para casa — sussurrou para a ave. Então, a pegou do poleiro e levou para fora do celeiro, indo ao encontro de Petra com as outras garotas. Aquele dia estava apenas dois graus mais quente do que costumava ser o inverno norueguês.

— Aquela Kendra precisa apanhar — murmurou Petra, ficando roxa de raiva. — Que garota desprezível!

Emma não disse nada, apenas acariciou o bico de Ruponi, que ofereceu a parte de baixo do bico para ela coçar.

— Acho que o Fridtjof não vai fazer o que disse, vai? — perguntou Calila. — Isso aqui não é o exército. Nem mesmo uma escola para ter detenção.

— Ah, é? E quem vai tomar partido de Emma? A mãe dela? — lembrou Diana. — Não há ninguém aqui que possa nos proteger a não ser nós mesmas! Leve pelo lado positivo — a garota colocou a mão no ombro de Emma. — Você vai aprender mais do que qualquer uma de nós.

— E vai poder dar um puxão de orelha na Kendra — disse Petra ainda exaltada.

— Obrigada por querer me defender, Petra. Mas não estou com vontade de arranjar confusões, principalmente com uma patricinha chata que fala assoviando como um "sss" de cobra. — Emma tinha os olhos cansados e segurou qualquer vestígio de lágrima que pudesse sair deles.

Logo todos estavam pelos arredores do celeiro com seus *ealli*. Petra apresentou seu carcaju Rufus para as garotas, e ele estava bastante interessado em depenar Ruponi. Contudo, uma coleira o impediu de fazer isso e o máximo que conseguiu foi cavar um bocado da neve, encontrando uma carniça. Diana guiou Dandi, sua gazela, para as garotas poderem acariciá-la. Era bastante mansa, mas quando viu Freya, a cachorra de Frida, correu para longe saltando por cima dos cercados. Diana não se exaltou; sabia como acalmar e chamar seu *ealli* e, minutos depois, estava com a gazela a seu lado. Calila levou o corvo Pankh para perto de Ruponi e, sentadas nos bancos do jardim, ouviam a ave gritar, tentando ter sua voz sobressalente às demais vozes.

Anne, um pouco tímida, aproximou-se com Ninga, sua chinchila. As meninas tiveram acessos de ternura quando viram o bichinho ronronando engraçado. Emma logo notou que Ruponi dilatou suas pupilas, e um guincho de excitação saiu de sua garganta. Ela conhecia muito bem aquele comportamento de seu "galinhão briguento", como ela carinhosamente o chamava. Ele costumava se comportar mal na presença de roedores. Rufus, o carcaju, também pareceu ficar agitado de felicidade ao pensar em devorá-la. Mas Ninga logo escondeu o focinho e os olhos sob o abraço de Anne.

— Vai ter um final de ano suado — uma voz rindo se aproximou. Era Kendra passeando com sua serpente enrolada em seus braços e transpassando para dentro de seu casaco de pele.

Petra fechou os punhos. Porém Emma agitou a mão para que ela deixasse isso de lado. A seguir, ela viu Lean, o garoto loiro e bonito, rindo para ela, se aproximando e falando aos sussurros com Kendra. O garoto tinha com ele o tal gato sobre o qual havia comentado na biblioteca, e o bichano saiu correndo pela neve, atrás de algumas pegas-rabilongas, aves também da família dos corvos.

Takashi vinha com Inigo e carregava Kong, um grande filhote de gorila truculento com cara de quem gostava de briga. O animal tentava puxar as penas da cauda de Google, o papagaio africano de Inigo, que gritava palavras famosas ditas por personagens de *games* de luta. Ao lado deles veio outro garoto, alto, de cerca de dezessete anos, cabelos castanhos até os ombros e vestindo um casaco vermelho esportivo. Ele trazia uma bela loba presa a uma guia. Emma olhou para ele por mais tempo que pensava. Aquele cara parecia ter estilo e não exalava arrogância pelos seus poros. Pelo contrário, ele parecia bem na dele.

Ao ver Emma e Calila, Inigo sorriu, levando Google e o grupo de amigos até o grupinho das garotas que olhavam Ninga, a graciosa chinchila de Anne.

— Olá, meninas! — disse Takashi um pouco sem graça. Ele sabia que o olhar de seu gorila mais podia afastar as garotas do que fazê-las cair a seus pés. Mas nada como um amigo com um papagaio engraçado e uma loba muito altiva para conseguir a atenção.

— Oi, Takashi — respondeu Petra com um aceno. Emma olhou para ela percebendo que já se conheciam, mas antes que soasse qualquer coisa estranha, Petra logo explicou às garotas. — Nós nos conhecemos ontem na ala dos mamíferos, não é mesmo?

— Exatamente — respondeu Takashi enrubescendo. — E este aqui é meu amigo Inigo...

— Nós já nos conhecemos! — cortou Inigo. — Esta é a Emma e esta é a Calila.

As meninas sorriram de forma simpática enquanto olhavam para o garoto com a loba.

— Este é Aleksander, ou só Alek — apresentou Takashi, enquanto Alek sorriu tímido e balançou a cabeça de forma gentil.

Emma havia encontrado em Lean um tipo que aguçava o interesse das garotas quando se aproximavam dele. Mas a proximidade com Alek a fez perceber que era bom olhá-lo por mais tempo. Ele parecia diferente e mais interessante.

— O que vocês acharam da aula de artes marciais? — perguntou Takashi, empolgado.

— Para você pareceu bastante fácil — respondeu Frida rindo com vontade. — Mas Emma disse que odiou a aula.

Emma procurou um buraco onde pudesse esconder sua cabeça como faria um avestruz. Ela não queria que seu problema na aula fosse lembrado.

— É verdade, me desculpe, Emma — respondeu Takashi sem jeito. — Acho que o mestre Fridtjof exagerou um pouco com você.

"Mestre? Takashi teve coragem de chamá-lo de mestre?", Emma não sabia se tinha vontade de rir ou de mostrar os dentes. Um mestre não devia envergonhar ninguém. Além do que, ela não estava na escola.

— Você vai acabar se tornando melhor do que qualquer um de nós — falou Alek para Emma não se sentir mal. — Acho que você leva jeito para o negócio.

Ao dizer aquilo, a garota sentiu vergonha de olhá-lo nos olhos.

"Esse garoto havia reparado em mim durante o treino? Havia olhado para mim e percebido que levava jeito para artes marciais?", Emma pensou se sentando e se encolhendo, enquanto Ruponi escondeu a cabeça sob a asa.

— Obrigada... — ela respondeu sem saber mais o que dizer ou fazer, mas num último olhar, reparou que ele tinha olhos verde-escuros. — Eu... eu preciso ir para a aula.

Então se levantou e caminhou rapidamente até o celeiro. Desculpou-se com Ruponi por ter aquela atitude e pediu que a compreendesse. Em seguida, o beijou e o colocou no poleiro, saindo direto para o vestiário. Ela tinha que voltar à aula de Fridtjof.

Capítulo 9

Fridtjof estava sentado no centro da sala de treinamento com os olhos fechados. Aquela forma de esperar por Emma a deixou um tanto embaraçada e até mesmo com certo medo. Não queria mais broncas por enquanto, e daquele estado de quietude, ela não esperava coisa boa.

— Ajoelhe-se — disse Fridtjof sem se virar. — Ajoelhe-se e abaixe a cabeça, senhorita Maia.

Emma achou aquilo desnecessário, mesmo porque não sabia em qual ponto aquele velho estressado queria chegar. Então, contra sua vontade, achou melhor cumprir a ordem recebida. Quem sabe seu bom comportamento ajudaria Fridtjof a repensar sobre o castigo e a livrasse nos outros dias.

— A senhorita sabe por que está aqui? — perguntou para ela enquanto se levantava num movimento só.

— Bem... eu... estou aqui porque saí da minha ordem na fila — respondeu achando que aquele homem de olhar calculista estivesse zombando dela.

— Errado — rebateu imperativo, enquanto a rodeava.

Aquilo deixou Emma ainda mais desconfortável. Queria olhar nos olhos dele, mas com a cabeça baixa podia apenas mirar seus pés.

— Você está aqui para aprender a não ser influenciada pelos outros.

Emma levantou a cabeça e o encarou, confusa.

Fridtjof fez um movimento com as mãos para que ela continuasse com a cabeça baixa.

— Responda-me agora — falou no instante em que parou, a cinco metros dela. — Se a senhorita não tivesse sido influenciada, não se incomodaria com a presença daquele garoto estúpido.

A garota encolheu ainda mais o corpo.

— Vou pedir que feche os olhos e me diga como você vê seu *ealli*.

Emma respirou fundo tentando imaginar por que Fridtjof fazia aquela pergunta tão sem sentido.

— Bem eu... Eu o vejo como um amigo... talvez... mais do que isso. Alguém da família.

Emma ficou quieta.

— Não é necessário medir as palavras, senhorita Emma. Quero que diga como se estivesse contando a si mesma.

Emma balançou a cabeça, compreendendo. Então respirou fundo mais uma vez e continuou:

— Eu o vejo como um herói. Como uma parte de mim. Talvez ele esteja em mim, não sei... Às vezes, sinto como se estivesse olhando como ele. Como se estivesse na cabeça dele e ele na minha... — Naquele momento ela abriu os olhos e viu que Fridtjof estava diante dela.

— Pode se sentar — respondeu, ajoelhando-se.

Emma sentiu-se aliviada quando viu que de alguma forma podia ter agradado àquele homem amargo.

— Este lugar não existe para que passem as férias como crianças numa gincana. Aqui não há equipes. Não há grupos. O que há neste espaço, senhorita Maia, são pessoas que não podem continuar fugindo. — Ao dizer isso, Fridtjof dobrou as mangas de seu quimono e olhou para ela com aqueles olhos cinza como o gelo numa noite de inverno. — Deve aproveitar que está aqui neste momento para aprender a ouvir a si mesma e ao seu *ealli*. Não deve se deixar influenciar pelos outros que não têm nada a acrescentar. Nem pelo que pensam ou pelo que sentem.

Emma arregalou os olhos percebendo que Fridtjof havia se referido ao comportamento dela diante de Inigo.

— A partir de agora quero que se importe com o que realmente tem importância. Quero que aprenda a olhar e a deduzir as coisas com a ajuda do *ealli*. Os animais são mais sábios do que nós, seres humanos. Eles vivem por instinto, e sua única preocupação é sobreviver. Quero que tenha essa preocupação, apenas essa, enquanto estiver aqui. Afinal, obter o *Symbiosa* nada mais é do que resistir à morte.

— Entendido — respondeu simplesmente.

Depois daquelas palavras, Fridtjof pediu que saísse e voltasse no dia seguinte naquele mesmo horário. Sem compreender se o que havia acabado de receber era uma bronca, foi para o dormitório e preparou-se para o banho, procurando evitar as garotas de seu quarto.

Durante o banho, pensou naquelas palavras que havia escutado e repetiu algumas vezes em voz baixa: obter o *Symbiosa* nada mais é do que resistir à morte. E era isso que ela estava fazendo todos os dias: resistindo à morte graças a Ruponi, que, de alguma forma misteriosa, mantinha sua alma ligada à dela.

Lembrou-se de seu último dia no hospital. O *Symbiosa* salvou sua vida e, por isso, ela sentiu estar em débito com a federação, principalmente com o doutor Bávva e Ruponi. Teve vontade de abraçar seu falcão e beijá-lo por tamanha gratidão. Ruponi dividiu sua vida, perdeu sua liberdade de viver como um falcão para dar a vida a Emma.

Pensou nisso tudo até que desceu as escadas para jantar. No refeitório, viu Petra e as outras garotas reunidas, conversando e rindo. Ela quis se sentar um pouco distante, desejando não ser notada tão cedo. Assim, conseguiu comer o pedaço de carneiro assado com o risoto de legumes, tranquila. Não queria ser tão cedo questionada sobre a aula com Fridtjof.

— Você estava aí e nem nos avisou? — disse Calila com os olhos arregalados e um sorriso ansioso nos lábios. Ela usava uma roupa de veludo colorida.

— Ah, eu não vi que vocês estavam aí — mentiu Emma. — Estou um pouco cansada.

— E como foi o treino? — quis saber Petra sentando-se ao lado dela. — Ele foi muito injusto — falou, puxando os cabelos num rabo de cavalo bem no alto da cabeça e o amarrando.

— Nós apenas conversamos. Amanhã, pelo visto, o bicho vai pegar.

— Então ele vai te ocupar a semana toda com isso? Como se fosse uma detenção? — Petra resmungou indignada.

— Achei que ele fosse te perdoar — completou Calila. — Foi algo pequeno comparado à bronca que você levou e ao castigo que te deu.

— Mas está tudo bem — respondeu Emma, não querendo entrar em detalhes. — Vamos, está na hora da última reunião da noite. Não quero chegar atrasada.

As garotas correram para escovar os dentes enquanto Emma terminava de jantar. A bem da verdade, já havia terminado. O que realmente desejava era que aquele momento em silêncio se prolongasse. E quando terminou de comer, caminhou até a sala de estar, onde viu confortáveis pufes e poltronas ao redor de um piano. Havia passado por ali antes de ir ao treinamento com Fridtjof e tinha visto uma *jukebox* que tocava um *blues* bastante antigo, daqueles que seu pai gostava de ouvir. Lá, alguns garotos conversavam entre si. Emma os ignorou e decidiu largar-se em uma poltrona de frente para um tapete confortável e quadros com fotos das montanhas de Kvaløya.

Adorou ter descoberto aquele canto. Talvez fosse um bom lugar onde pudesse respirar após as aulas com Fridtjof. Por um breve momento, imaginou que não fosse tão ruim, apesar da vergonha que a fez passar na frente de todos. Pode ser que Fridtjof não fosse de todo mal. Afinal, só estava querendo o bem dela.

— Você está bem? — Aquela voz deixou o estômago de Emma gelado. Quando se virou para olhar, constatou que era Alek usando uma camiseta de banda de *rock*.

— Ah... — corou imediatamente. — Acho que estou sim.

— Posso? — Alek pediu para se sentar próximo.

Ela fez que sim arregalando os olhos castanhos e segurando o ar. Não queria que aquilo acontecesse, mas seu coração disparou na mesma hora.

— Ainda estou tentando entender o que a federação quer de nós — disse Alek ajeitando os cabelos por sobre os ombros. — Foi tudo bem no seu treinamento hoje, sozinha?

"Grande treinamento", pensou Emma.

— Está tudo bem. Acho que ele não vai me matar — confessou, respirando fundo.

Seu coração ainda estava acelerado. Sentiu-se uma tonta. Será que ela estava deixando ser influenciada outra vez? Mas naquele momento era o que ela queria.

Alek riu do comentário, mas antes que pudessem continuar, uma monitora entrou no salão e chamou a todos para a biblioteca. Um aglomerado de confederados sentou-se ao redor das mesas quando Maja entrou com uma bolsa de pele de rena em mãos e os monitores vieram com outras bolsas iguais.

— Boa noite — falou em tom amistoso e calmo. — Era para o doutor Bávva estar conosco nesta noite. Mas, por motivos pessoais, ele teve que viajar para Kautokeino e, portanto, terei o privilégio de reger este momento tão importante.

Ao dizer aquilo, Maja abriu a maleta e todos esticaram o pescoço, curiosos.

— Creio que vários de vocês já conhecem a história de como o *Symbiosa* surgiu.

Era comum os jornais da federação virem com algum conteúdo histórico; ainda assim, o procedimento era algo muito misterioso para todos.

— Pois bem, a execução do *Symbiosa* não é algo de conhecimento popular. Muitas culturas chegaram a tentar executar o elo de almas por outros métodos. Por exemplo, no passado acreditava-se que, ao devorar um guerreiro sábio ou um animal muito forte, essas habilidades poderiam ser somadas às qualidades de quem os devorava. Sacrificar animais aos deuses para concretizar uma cura também foi realizado durante milênios, como fizeram os *vikings*. Era como usar a alma sadia do animal para curar a alma doente humana. Uma das culturas milenares, a *sámi*, foi presenteada com a sabedoria do *Symbiosa* e o *šaldi*.

***

"Houve uma noite em que Mikkal, um sacerdote *sámi*, também conhecido por *noaidi*, da comunidade de Kautokeino, recebeu a orientação das auroras boreais para realizar um procedimento que poderia curar o seu neto. Foi assim que o doutor Bávva sobreviveu. Aos sete anos, quando ainda vivia com sua família, ele foi destinado a uma rena. Logo após receber o *Symbiosa*, foi incumbido por seu avô de viver e estudar em Tromsø, que estava a 440 quilômetros dali. Mais tarde, cursaria a universidade de medicina mais próxima e a última mais ao norte do planeta.

O sacerdote lhe confidenciou a sabedoria do *Symbiosa* e então fez um pedido ao Bávva: que ele se tornasse médico e pudesse mostrar à ciência que o *Symbiosa* poderia salvar a vida de pessoas, dando a elas uma segunda chance. Bávva levou com ele a difícil tarefa de inovar a medicina como o maior desafio que enfrentaria em sua vida.

Não demorou muito para que Bávva fosse atuar em um hospital com forte acervo de pesquisa em Bergen. E durante uma emergência domiciliar, um garoto de seis anos teve uma parada respiratória por ingerir um remédio por acidente: ele foi salvo após Bávva realizar o procedimento do *Symbiosa*. O canário do menino cedeu, tornando-se seu *ealli*.

A ação de Bávva inicialmente causou um barulho muito intenso em todas as áreas médicas. Os profissionais de sua área que presenciaram o *Symbiosa* com o canário, a princípio não aprovaram seus métodos, mas era isso ou nada. A mãe do garoto estava tão desesperada que confiou nas ações do doutor *sámi*. Infelizmente, o jovem foi vítima de um acidente enquanto praticava esqui, descendo uma montanha. Por isso não está aqui."

Maja fez uma pausa e o silêncio reinou na biblioteca. Emma escutava aquilo interessada e imaginou como seria a vida de sua mãe se ela também tivesse morrido. Acidentes em descidas de montanhas podiam ser desde entrar em choque com uma árvore ou pedra, bater a cabeça ou até mesmo ser soterrado por uma avalanche.

— É comum na medicina não se ter o pleno conhecimento de como um remédio age no organismo. No entanto, é possível ver seus resultados. Dessa mesma maneira, a confecção do *Symbiosa* permitiu ser aceita na sociedade médica. Estou aqui nesta noite não apenas para lhes contar essa história, como também para lhes entregar artefatos confeccionados por nós, a família de Bávva.

Ao dizer aquilo, Emma ficou arrepiada. Era isso, agora entendia por que conhecia Maja de tempos atrás. Ela só podia ser a filha de Bávva e, então, pareceu-lhe ainda mais familiar.

— Esse tipo de arte é uma herança cultural nossa — continuou ela. — Acreditamos que estes artefatos possam ajudar o *Symbiosa*, oferecendo proteção ao obtentor e a seu *ealli*. Sei que muitos de vocês se perguntarão: "Como um simples objeto pode ser capaz de protegê-lo, caso este não seja uma arma?" Então, digo que seus elementos naturais foram cuidadosamente escolhidos, pois o povo *sámi* conhece a eficácia de cada coisa que compõe a natureza que o rodeia. Da mesma forma que o homem das cavernas sabia fazer fogo sem conhecer o oxigênio, a ciência teve de aceitar os resultados excepcionais do conhecimento *sámi*.

Maja tirou da bolsa um bilhete e o leu para todos:

> *Estes artefatos são chamados de* **duodji**, *ou seja, são artesanatos* **sámi**, *mas não somente artesanatos. Foram criados com intenção de proteger o* **Symbiosa**. *Deverão ser entregues a vocês, aleatoriamente. Lembrem-se que os sámis **não acreditam no acaso do destino**, assim como no destino de um homem ou animal.*

Os confederados deverão guardá-los entre seus pertences e, quando se sentirem ameaçados, poderão fazer uso para sua proteção. O povo sámi espera que façam bom uso.
Saudações,
Bávva

Quando pronunciou as últimas palavras, as pessoas se entreolharam duvidosas. Viram pequenos objetos que pareciam feitos com pedaços de chifres de rena, pequenas bolsas de pelos e tambores em miniatura com símbolos riscados. Cada um também recebeu uma *guksi*, uma caneca feita com nó de bétula, entalhada e belamente polida.

— Estes itens podem ser presos ao cinto ou à calça. Não se esqueçam... de agora em diante, devem estar sempre com vocês.

Enquanto Maja distribuía os artefatos, murmúrios aumentaram exponencialmente, seguidos de olhares curiosos. Emma recebeu um pequeno tambor do tamanho da palma de sua mão no qual imagens distintas foram delicadamente tingidas com pincel. Olhou extasiada para algo que a fez lembrar uma joia ou um artefato mágico e, ao amarrá-lo com uma tira de couro em sua cintura, teve a impressão de ver algumas pessoas insatisfeitas, talvez por acreditarem que fossem receber algo mais significativo para a situação que estavam passando.

— Não entendo como isso pode ser útil — falou Petra olhando para o chifre de rena que recebeu com uma insígnia desenhada. — Uma arma talvez fosse mais apropriada para o momento. Chifres de rena e um tambor não pareciam úteis o bastante para serem usados em uma luta.

— Talvez essas coisas tenham algum tipo de poder — falou Emma com expectativa, mas Petra olhou para aquilo como se fosse somente um pedaço de osso.

Quando todos os artefatos foram entregues, Maja usou uma chave para abrir uma gaveta, de onde sacou outra bolsa de couro. De lá, tirou um conjunto de estranhos objetos pontiagudos.

— As adagas são muito importantes para os *sámi*. O costume desse povo é presentear os jovens com esse instrumento. Pensando nisso, vou distribuir estas adagas para vocês. Elas permitirão que caminhem com maior segurança pelos arredores. Elas servirão ao treinamento de todos vocês e podem ser escondidas com facilidade em suas vestes. Não que eu esteja insinuando que entrem em locais proibidos com ela ou que façam alguma besteira. Não entendam mal. A adaga foi feita para protegê-los de uma maneira que só entenderão mais tarde. Peço que a mantenham embainhada e que somente façam uso dela durante os treinos seguindo as instruções.

Então, entregou a cada um uma adaga de metal, mas com o cabo feito de bétula.

— Você entrega esses objetos como se eles fossem uma granada e um fuzil — disse Kendra. — Por favor, parecem mais os enfeites que minha mãe comprou na loja de *souvenirs*.

Algumas pessoas pareceram bem incomodadas com aquele comentário grosseiro de Kendra. Emma ficou ruborizada.

— Você acha que funciona mesmo? Vem com manual de instruções? — Eriador riu tentando amenizar o comentário que a garota fez.

Ao contrário do que esperavam, Maja devolveu-lhes um olhar como se já esperasse por isso. Ela teria que lidar com a incredulidade das pessoas.

— Um dia o *Symbiosa* era só um mito. E hoje vocês estão vivos. Não subestimem o que ainda não podem entender. — Ao dizer isso, ela deu por encerrada a sessão e todos voltaram para seus dormitórios.

Emma deitou a cabeça no travesseiro e foi checar o celular. Viu uma mensagem de sua mãe perguntando como estavam as coisas, pois ela estava preocupada, já que Emma não havia dado nenhuma notícia.

Emma: *Oi, mãe, aqui está tudo bem. Os treinamentos são interessantes e ganhamos alguns presentes sámi bonitos.*
Martina: *Você ficou sabendo da Stella?*
Emma: *A Stella da escola? Não. O que houve?*

Martina: *Ela faleceu na noite anterior à festa da escola. A escola não informou nada aos alunos para que aproveitassem a festa de fim de ano.*
Emma: *O quê? Não pode ser! Coitada da Stella! Mas e o ealli dela?*

Escreveu Emma se lembrando que ela tinha um gato.

Martina: *Você diz o animal dela? Ela tinha um animal como você? Não sabia.*
Emma: *Obrigada por me informar, mãe :(*
Martina: *Pensei que o Jonas já tivesse te contado.*
Emma: *Não, ele está de castigo. Sem internet... :(*

Emma levou muito tempo para dormir. Percebeu que era para Stella também estar naquela colônia de inverno e sentiu-se mal por não ter se dado conta disso. Stella estudava em outro horário e quase nunca se falavam.

Então, iluminando seu pequeno tambor *sámi* com a luz do celular, ficou pensando em Stella e em seu *ealli*. Por fim, escreveu à mãe:

Emma: *Stella tinha um gato.*

Capítulo 10

O dia amanheceu com uma nevasca ruidosa que parecia arranhar as janelas. O celeiro estava quente o suficiente para que todos quisessem permanecer cuidando de seus animais durante todo o período da manhã. Rapidamente, os monitores trataram de mandar as pessoas de volta ao casarão para o desjejum e para o primeiro treinamento. Emma tinha bastante sono: não havia dormido na noite anterior, pois ficou pensando em todos os acontecimentos. Decidiu guardar aquela informação para si o quanto aguentasse e a compartilharia com Bávva logo que tivesse a oportunidade. Mesmo com tudo isso, não deixou de notar que Petra trocava sorrisinhos com Roy toda vez que se cruzavam. Durante o café da manhã, Emma percebeu que a amiga e o monitor se entreolhavam discretamente.

Por um momento, a atenção de todos se voltou para os janelões altos do casarão. Dava para ver o vento trazer a tempestade que fez todos se arrepiarem. Logo souberam que, por conta da tempestade, uma das atividades externas estaria cancelada, e Fridtjof apresentaria o treino no tatame.

Emma começou com aquecimento e alongamento e, depois, aprendeu algumas habilidades de escalada em uma parede vertical. Ela já havia treinado algo semelhante na escola e também praticado *hiking*. Subir montanhas era uma de suas atividades favoritas, e chegou a praticar um pouco sozinha, quando saía da escola e sua mãe voltava tarde do trabalho.

O treino de escalada foi ficando cada vez mais difícil, pois, quanto mais alto avançássem, mais o equipamento se inclinava na direção do chão, de modo que o alpinista teria de aguentar o peso do próprio corpo nos pontos de apoio. Emma achava a prática da escalada muito legal, mas Petra e ela não conseguiram avançar além daquela parede inclinada, sendo obrigadas a regressar com os outros que caíam. Uma corda elástica impedia que qualquer acidente ocorresse com a queda.

Diana era a mais habilidosa das garotas. Emma reparava em seus movimentos tentando imitá-la para conseguir melhores resultados; afinal de contas, a força física e a leveza contavam muito nessa tarefa.

Quando estavam exaustas, Fridtjof mandou todos para outra ala de treinamento. Então, orientou o grupo a executar técnicas de esquiva e contra-ataque, sendo que um recuo seguido de um avanço era a sequência que estavam trabalhando. O homem olhou para Emma indiferente, como se não a conhecesse. Era melhor assim. Então, Emma pôde se concentrar em executar o melhor que era capaz nos movimentos. Somente o fato de Fridtjof não reclamar já a havia deixado mais confiante. Pelo contrário, Frida acabou se tornando o alvo da atenção do homem, já que fazia tudo sem muito jeito.

— Com essa velocidade, você só poderá escapar da mordida de uma tartaruga — resmungou o homem coçando o bigode. — Você é forte, mas precisa de agilidade.

— Você já reparou que, quando ele fica bravo, ao redor do bigode dele fica vermelho? — Petra reprimiu um riso ao sussurrar aquelas palavras.

Emma olhou para Fridtjof e viu uma intensa marca vermelha abaixo do nariz do homem.

— Quando fica nervoso... ele não para de coçar o bigode — completou Petra, acreditando que ela não tivesse entendido.

Emma abafou seu riso, preocupada em ser reprimida mais uma vez pelo professor.

Ele dividiu os grupos, mandando algumas pessoas para outra ala de treinamento, enquanto Emma e Petra foram conduzidas a outra ala, onde estava Roy vestindo um quimono preto e vinho, orientando os grupos a executar movimentos de ataque e defesa com a adaga *sámi*.

— Uau! — falou Emma olhando para aqueles movimentos legais. Então ficou imaginando se algum dia seria capaz de ser assim tão ágil.

Mas seus pensamentos logo se perderam quando viu Kendra encará-la alguns passos adiante. Ela jogava os cabelos encaracolados para o lado, como se estivesse preocupada com a aparência. Então sacou a adaga e sorriu para Emma, balançando a cabeça negativamente.

— Algum problema no seu pescoço? — perguntou ela a Kendra, que arregalou os olhos.

— Não aprendeu a ficar calada mesmo depois da vergonha na aula de ontem?

Emma fez menção de que se aproximaria de Kendra, mas Petra segurou o braço dela antes que realmente tomasse qualquer atitude. Então fez de tudo para ignorar a presença daquela garota esnobe.

Treinaram movimentos com a adaga *sámi*, protegida pela bainha de couro. Primeiro sozinhos, depois, frente a frente, trocando de parceiros. Emma cobrou de si mesma a dar o melhor de si, já que duelaria com Kendra muito em breve, pois era uma das próximas na fila. Treinou também com Inigo. Ele era um pouco desajeitado, parecia que estava em uma aula de dança, fazendo uma coreografia e pensando estar indo muito bem. Passou também com Anne, que levava as mãos à cabeça toda vez que a ameaçavam com um golpe que viesse de cima. Kendra enterrou a adaga embainhada nas costelas da garota, como num bote, fazendo-a gritar de dor e sair chorando.

Emma viu que Kendra usava das fraquezas de Anne — sua timidez e insegurança — para mostrar força e superioridade.

— Sua covarde — vociferou Emma, entrando a sua frente, preparada para enfrentá-la.

A garota apenas mostrou os dentes numa espécie de sorriso reptiliano. Parecia que estava se deliciando com cada segundo daquele confronto provocativo.

— Você é a representante dos perdedores, certo? — provocou Kendra. — Você é tão insignificante que nem lembro do seu nome.

Emma fez menção de responder algo, mas viu Roy se aproximando e se colocando entre as garotas para orientá-las, antes que uma briga real acontecesse e alguém se machucasse. Emma olhou para

Kendra, cujo sorriso reptiliano não saía da face, com todo o ódio que podia acumular.

Treinaram movimentos básicos de ataque e defesa, sem desviarem seus olhares que crepitavam como fogo. Emma chegou a sentir a respiração ofegante de Kendra, e aquilo mostrou a ela o quanto a oponente também estava despreparada.

— Já está cansada? — disse Emma num tom fingidamente inofensivo.

Kendra a fulminou de forma viperídea. Estava louca para dar-lhe uma lição.

— Quer voltar ao final da fila? — revidou logo na sequência.

— Concentrem-se, garotas — disse o monitor, bastante sério.

Kendra e Emma trocaram de parceiro de treino, mas não pararam de se encarar.

— Ainda não resolvemos o que você fez com Anne — sussurrou Emma para si mesma.

Quando o treino acabou, já estava perto do horário do almoço. Emma foi tomar uma ducha para ver se esfriava a cabeça. Em seu quarto, encontrou Anne deitada na cama, com os olhos inchados de tanto chorar e com a blusa levantada. Na pele, brilhava um creme que cheirava a cânfora sobre uma mancha roxa, quase negra.

— Como você está? — perguntou Emma, penalizada pela amiga.

— Dói demais — murmurou, enxugando a lágrima que escorria por debaixo dos óculos.

— Já te deram algum remédio para tomar?

Anne somente balançou a cabeça dizendo que sim.

— Disseram que Ninga não quis comer hoje — falou chateada, se referindo à chinchila.

— Como ela está? — perguntou Petra, entrando no quarto.

— A Kendra vai pagar por isso! — exclamou Emma em alto e bom som.

— Você viu? Ela fez isso para afrontar a gente! Eu não tenho medo dela!

— É uma víbora covarde! — rosnou Emma. — Por que alguém precisa agir assim?

— Os idiotas agem assim — interveio Petra, indignada. Emma se questionou se a amiga era um pouco explosiva por conta do comportamento arisco do carcaju ou se essa era realmente ela.

— Você quer que a gente traga algo para você comer? — perguntou Frida, preocupada.

Anne piscou lentamente. Estava com sono.

— Obrigada, meninas. Mas preciso dormir um pouco. Depois eu desço até a cozinha.

Emma olhou para Petra, preocupada.

— Vamos, deixe ela descansar — disse Petra à Frida. — Ela não vai morrer de fome.

No almoço, comeram um creme de batatas com frango e queijo, e tomaram suco de maçã. O incidente deixou as garotas um tanto indignadas, e todo o tempo se falava em Anne e Kendra.

Após o almoço, quando a tempestade de neve havia cessado, as pessoas se prepararam para uma fria caminhada na floresta com seus *ealli*. O frio era desencorajador para muitos que não estavam acostumados, mas era normal aos noruegueses saírem para uma caminhada quando as sensações térmicas beiravam os dez graus negativos. Emma pensou inúmeras vezes na possibilidade de que uma reunião em pleno inverno era uma atitude desesperada da federação, uma vez que aquele tipo de atividade estava sendo programada para o verão do próximo ano, como diziam os jornais e os *e-mails* que recebia.

Ela se deparou com Kendra na fila para a subida da escada em direção aos dormitórios. Um ar de superioridade pareceu tornar o oxigênio irrespirável entre elas. Emma sentiu que, por um momento, a garota louca iria saltar sobre ela com a adaga. Mas antes que desse oportunidade para alegrar o dia de Kendra, voltou rapidamente para o quarto, encapotando o corpo com camadas de lã, cachecol e polainas. Por fim, colocou o grosso casaco e saiu.

No celeiro, calçou as luvas e estendeu a mão para Ruponi subir. Do lado de fora, Petra já estava com Rufus, seu carcaju e, ao lado dela, Inigo com Google. Quando os alcançou, a ave parecia ter reconhecido Ruponi e, em resposta, assoviou como quem tentava chamar a atenção do falcão. Logo Emma percebeu que aquele assovio era mais para mexer com ela.

Rufus estava arisco diante de tanta movimentação, mas Petra, durante todo o tempo, permaneceu com ele em seus braços, dando tapinhas de carinho. Ruponi tinha sua íris dilatada, olhando interessado para os animais menores. A chinchila com que Anne brincava fez brilhar os olhos do falcão, e Emma logo deu um cutucão duro em sua asa. Ruponi piscou e olhou para ela, inconformado.

Frida prendeu Freya em uma coleira vermelha e, em seguida, com um lenço, limpou a baba grossa que escorria pelos lados do focinho. A garota comentou com Emma sobre a meningite que quase a matou quando tinha cinco anos. Freya a escolheu e a salvou, nunca mais saindo de seu lado nem mesmo para dormir ou durante as horas em que precisava usar o banheiro. Ficar separada dela era algo que não estavam acostumadas e podia escutar seu uivo que vinha do celeiro.

Por mais que os *ealli* fossem tão ligados a seus obtentores, a federação recomendava que deveria haver um limite de convivência para casos exagerados, como "tomar banho na banheira com o papagaio", o que quase fez o animal morrer afogado. Por isso, era tão necessário conhecer os limites do *Symbiosa*.

Emma estava com Petra, Frida e Inigo quando viu Eriador, o homem idoso, passar segurando um pequeno aquário.

— Acho que Eriador não pode ficar tanto tempo aqui fora, caso não queira que o peixe morra congelado. Que peixe estranho é aquele? — sussurrou Petra.

— Um betta — respondeu Emma ao ver que a dona de Freya nem tinha ouvido a pergunta quando a cachorra a empurrou ao chão e sacudiu as babas nela. — Eca! Ele tem um peixe betta.

— Você tem nojo de peixes? — perguntou Petra sem tirar os olhos de Eriador.

— Não, não. Eu estava falando da baba de Freya.

Emma havia reparado que o comportamento estressado do peixe, que nadava de um lado para o outro sem parar, possivelmente havia refletido no modo de agir de Eriador. Por diversas vezes, escutou pessoas que dividiam o quarto com ele reclamarem da forma com que o homem lidava com quem se aproximasse de seus pertences e de sua cama. Diziam que Eriador parecia murmurar um rosnado estranho, que, quando percebia estar sendo tomado por esse comportamento além do normal, tossia como quem tenta disfarçar alguma coisa. Não era para menos, uma vez que peixes betta eram conhecidos por serem agressivos.

— O peixe parece nervoso — insistiu Emma.

— O quê? Você consegue ver o bicho nervoso daqui? — riu Inigo, ajeitando os óculos.

Emma se encolheu por um momento, pensando se seria a única a reparar tão bem por onde passava e quem passava. Ter olhos aguçados devia ser uma habilidade adquirida de Ruponi.

Calila chegou com seu corvo, Pankh. A menina indiana gargalhou quando viu o papagaio de Inigo dançar tropegamente. Pankh e ele trocavam ruídos divertidos e estridentes.

Diana apareceu acompanhada da esbelta gazela que caminhava livre a seu lado. Esse comportamento era muito admirado pelos obtentores do *Symbiosa* e era considerado um estágio avançado de interação e entendimento entre obtentor e seu *ealli*.

***

Mais tarde, os monitores anunciaram que todos deviam se preparar para uma atividade especial, na qual os *ealli* também participariam. A orientação foi que deixassem os animais com os vários monitores e que aguardassem mais instruções no casarão. A maioria das pessoas não gostou muito daquele tipo de opção, mas quando viram que Maja estava ajudando a organizar a atividade, concordaram.

— Essa tarefa consiste em esconder os animais com os monitores. Não se preocupem, eles estarão protegidos do frio — explicou Maja em pé ao lado da árvore de Natal. — A atividade é: encontre-os num período de meia hora pelas redondezas da mansão. Esse tipo de treinamento possibilita aos obtentores tentar encontrar seu *ealli* através de sua ligação com ele em situações de alerta ou perigo.

— A apartação do *ealli* pode aumentar a ligação entre ser humano e animal — explicou Diana. — É isso que eles querem.

— Como você sabe? — perguntou Petra, mostrando os dentes para a tarefa.

— Já me separei de Dandi durante uma queimada lá na minha cidade natal. Então, nos reencontramos e conseguimos voltar para casa.

— Espero que saibam o que estão fazendo — resmungou Eriador. — Quero meu peixe inteiro quando voltar.

— Coloque um pouco mais de fé na federação, meu velho — falou William, o homem que estava sempre usando o gorro do Chicago Blackhawks. — Eles são os caras que nos deram a vida de volta.

Emma achou melhor se afastar daquele papo que só lhe atiçava a imaginação. A bem da verdade, não acreditava que Bávva seria capaz de ir contra todos eles colocando-os em uma situação perigosa. Sentou-se em um pufe no saguão de entrada e ficou olhando para seu pequeno tambor e, com cuidado, pegou a baqueta feita de uma lasca de chifre de rena polida e tamborilou para escutar o som que aquele instrumento fazia. Tudo ali tinha algum segredo relacionado a Bávva e ao povo *sámi*. Por um momento, se distraiu e olhou o celular na esperança de ter alguma notícia de Jonas, mas não havia nada.

Seus pensamentos foram interrompidos quando a seu lado sentou-se Petra, pálida:

— Você não vai acreditar no que acabou de acontecer. — Seus olhos estavam arregalados e a boca tremia como se tivesse visto uma barata no travesseiro.

— Pelo visto não é coisa boa — adiantou Emma, esticando o pescoço para ouvir.

— É tão boa quanto comer chocolate com amendoim.

— Já sei. Tem a ver com aquele monitor, o Roy.

— Ele pediu para jantar comigo hoje. — As bochechas ficaram rubras de repente e ela abanou o rosto com as mãos.

— Que legal! E o que você falou?

— Fiquei um pouco confusa, imaginando como seria possível marcar um jantar com alguém neste lugar. Mas ele logo consertou dizendo que seria um jantar à moda coletiva, como num restaurante. — Em seguida, ela riu.

— Uau, então quer dizer que ele quer conversar com você.

— Acho que sim. Depois acho que iremos à sala de estar, onde poderemos conversar melhor.

— É verdade — concordou Emma, puxando o gorro por sobre a cabeça e cobrindo as orelhas. — A sala de estar é um lugar descontraído.

— Você já teve logo a sorte de mexer com um monitor — disse Frida aparecendo por trás, sorrindo empolgada.

— Então quer dizer que você ouviu nossa conversa — reclamou Petra, torcendo a boca.

— Não se preocupe. Eu estava sentada perto dos pufes, mas não queria ouvir vocês conversando, apesar de eu ter escutado algo como um convite para um jantar e o nome daquele monitor bonito, mas nada demais. Prometo não contar a ninguém.

Petra e Emma se entreolharam.

Pouco depois, Maja retornou e pôs-se a falar:

— Não se esqueçam de que nada adiantará formar grupos de busca, uma vez que o *ealli* de cada um estará escondido em local diferente. A procura deverá ser individual. Ao encontrarem o *ealli*, tragam-no de volta ao celeiro. Não se esqueçam de que esta é a oportunidade que vocês têm de fortalecer o *Symbiosa*. Boa sorte nesta busca, e quanto antes encontrarem o *ealli*, mais seguro ele estará.

— Boa sorte a todas nós — desejou Emma às suas colegas.

Seguiu para fora do casarão e atravessou uma colina que demarcava o limite de sua grande extensão. Por um lado, ficou se questionando se aquele tipo de atividade era realmente seguro. Manter um *ealli* no frio, correndo riscos em tempos duvidosos como aquele, era colocar a vida de todos em risco.

Ela atravessou o cercado e desceu uma pequena trilha que dava acesso a uma nascente quase completamente congelada. Pensou por alguns momentos na última mensagem da mãe, mas logo sua mente lhe mandava ficar focada na tarefa de procurar Ruponi.

Olhou para o relógio e percebeu que já haviam se passado dez minutos e nenhum sinal de Ruponi. Viu Diana correndo para o outro lado, dando a volta em uma lagoa, enquanto entoava um silvo de seus lábios, chamando sua gazela. Talvez não estivesse tão fácil para ela também.

Alek surgiu colina abaixo tocando o chão e cheirando à procura de sua loba. Parecia um caçador profissional. Viu Emma a alguns metros e sorriu. O coração da garota saltou bruscamente e ela gaguejou algumas palavras que nem sabia quais eram.

— Não vi seu falcão até agora.

— E nem eu vi sua loba. — Foi a única coisa que conseguiu responder.

— Se eu encontrar seu *ealli*, corro até onde você estiver para te avisar.

— Ah, obrigada — agradeceu a gentileza. — Pode contar comigo também.

Emma seguiu adiante e ficou se perguntando por que estava ficando tão agitada na presença daquele garoto. Só porque ele era bonito demais? Porque parecia gentil e sorria para ela? Sentiu-se idiota quando imaginou Alek de mãos dadas com ela, Ruponi os sobrevoando e a loba caminhando, como em uma cena de um filme de fantasia medieval. Deu três tapas na cara para voltar à realidade.

Alguma coisa lhe dizia que devia seguir o percurso da lagoa. Talvez fosse apenas sugestão de sua cabeça, ou talvez isso significasse o encontro com o seu falcão. Foi quando viu um paredão de rochas em seu caminho e que circundava a lagoa. Percebendo a dificuldade que teria em passar por lá, pensou se algum monitor se daria ao trabalho de passar por esse caminho tão complicado. Mas, quando decidiu dar meia-volta, um ruído a chamou para o alto daquela elevação.

—É apenas um roedor — ela falou, percebendo que era boa em achar coisas. — Mas está faltando achar o Ruponi...

Odiaria perder para Kendra nessa busca. Assim, levou a mão até o alto das rochas e impulsionou o corpo com ajuda das pernas. A neve sobre as camadas de musgos pôs a escalada num nível um pouco preocupante. Mas não pareceu tão difícil.

No alto do mirante, seus olhos pareciam querer tocar tudo o que via. A pele arrepiou e sentiu os pelos do braço e da nuca. Estranhamente ela podia dizer que, embaixo de seu casaco, havia inúmeras penas eriçadas que ansiavam por um toque de vento e, finalmente, um voo.

— O que é isso... — Emma olhou para o horizonte e percebeu que podia ver muito além do que conhecia. Era como se pudesse realmente tocar o detalhe da orelha de um esquilo ou os dedos dos pés de uma lebre, talvez até mesmo escolher um galho perto do celeiro onde gostaria de estar.

Uma vibração em seu peito reverberou como inúmeras faíscas e se espalhou por todo o corpo. Aquela era uma experiência nova para ela. E, talvez estar naquele ambiente selvagem, os instintos de Ruponi no corpo dela tivessem sido amplificados.

Foi assim que pôde ver Anne, Alek, Frida, Inigo, Kendra, William, Lean, Petra, Calila, Eriador, Diana... Todos. Ela podia ver todos abaixo daquele mirante procurando por seus *ealli*. Procurou pelos animais, mas não conseguiu encontrar absolutamente nenhum, senão alguns selvagens que se escondiam nos arbustos e galhos da própria floresta.

— Fomos enganados. Não há o que procurar nesta floresta! — falou para si mesma.

Emma estava longe demais para avisar a todos que não encontrariam seus *ealli*, nem na floresta, nem em qualquer lugar que seus olhos tocavam. Desceu do mirante e regressou com o coração acelerado, indignada com aquela brincadeira de mau gosto.

— Eles estão no casarão! Nos enganaram! — falou reencontrando Alek e vendo Frida.

— Foi por isso que não senti o cheiro de Ragni em lugar algum — concluiu Alek, se referindo a sua loba.

— Nem eu escutei o meu *ealli* — Frida completou.

Quando chegou ao casarão, ao lado de Alek e Frida, percebeu que foram os primeiros a regressar. Os monitores estavam reunidos na entrada. E pela expressão que levavam, não esperavam o retorno tão rápido deles.

— Onde estão os *ealli*? — Emma estava furiosa. — Eu sei que eles não estão escondidos na floresta.

Os monitores olharam assustados e, em seguida, esperaram que alguém desse uma resposta.

— Acalme-se, Emma. Os animais estão todos no celeiro — explicou Roy, se levantando e levando uma mão ao ombro da garota.

— Por que estão fazendo todos de idiota? Por que estão fazendo todos procurarem no lugar errado?

— Como você descobriu que nenhum dos *ealli* estava na floresta?

Emma inclinou-se para trás e respirou fundo, tentando fazer a mesma pergunta para si mesma.

— Eu... Eu simplesmente vi do alto de uma grande rocha que não havia nenhum *ealli* escondido.

Mais uma vez os monitores se entreolharam. E naquele momento Fridtjof surgiu pela porta da varanda.

— Então a senhorita já voltou de sua caçada ao falcão. — Emma levou as mãos a cintura e franziu o cenho. — Não se preocupe. Em breve os outros descobrirão que a procura foi em vão.

— Vocês terão que ter uma boa desculpa para que todas aquelas pessoas não se enfureçam e acreditem estar perdendo tempo neste fim de mundo.

— A motivação é o que impulsiona os seres humanos — falou Fridtjof num tom mais que sério. — E ela funcionou muito bem em você, senhorita Maia. O instinto do *ealli* tomou seus sentidos, permitindo a você ver além dos olhos meramente humanos e cheios de limites. O falcão permitiu transferir seus instintos e você soube captá-los e usá-los num momento de necessidade. E a necessidade foi sua motivação.

Emma compreendeu o que estavam tentando provocar naquelas pessoas. O instinto do *ealli* surgiria em um momento de necessidade.

— A floresta é o melhor dos lugares para se estar sozinho, olhar para nós mesmos e nossas limitações, principalmente diante de um frio rigoroso que não permite distrações desnecessárias.

Os demais foram regressando pouco a pouco ao casarão, procurando entender o que estava acontecendo.

Quando todos chegaram ao casarão, um sino foi tocado, anunciando o fim da tarefa. Fridtjof explicou como funcionava a percepção que o *Symbiosa* proporcionava e qual a intenção daquela tarefa. Poucos obtentores tiveram a chance de provar a percepção que Emma experimentou. No entanto, a situação de "necessidade" que a atividade provocou diziam conectar ainda mais os obtentores a seus *ealli*.

***

À noite, a participação de Emma em seu "castigo" as em artes marciais não foi tão ruim. Fridtjof pareceu menos estressado e mais confiante quanto aos resultados da garota. Treinou esquiva e movimentos furtivos. Esses foram os que Emma mais gostou, mas quando percebeu que estava ficando boa nisso, Fridtjof a dispensou. Emma saiu pelo corredor sentindo o aroma de carne assada e de caldo de legumes.

— É bom que tenha *donuts* de framboesa. Depois, não vou conseguir parar de pensar nisso — disse Frida, encontrando-a no caminho.

Durante todo o jantar, Emma não parou de pensar no sentido daquela atividade que tiveram pela floresta.

— Soube que você foi a primeira a voltar da procura — Emma se virou, notando que era Diana quem falava com ela. — Você conseguiu descobrir antes de todo mundo que não havia nenhum animal escondido.

Emma enrubesceu, pois aquilo havia soado como um elogio.

— Pois é, parece que deixei meu falcão entrar na minha cabeça.

— A princípio pensei que fosse uma brincadeira de mau gosto. Porém essa atividade foi bem interessante. Consegui perceber que ao menos meu *ealli* estava seguro, apesar de não ter ideia de onde estava. Eu pude sentir isso.

Emma concordou deu um largo sorriso enquanto olhava para Alek, que se aproximava de onde estava sentada. O garoto passou a mão nos cabelos de forma tímida. Seu perfume suave encheu os pulmões de Emma, depois que tirou o casaco e sentou-se ao lado dela, com o prato cheio de sopa.

— Você ouviu falar que a Maja precisa falar com a gente? — contou Alek olhando para Emma. — Parece que alguma coisa aconteceu. Parece também que eles finalmente vão nos contar como a cirurgia do *Symbiosa* é feita nos hospitais. Tem monitores passando e avisando o pessoal.

— Penso que escondiam essa parte da história para proteger, dos familiares e das pessoas que não a aceitam, a crença de compactuar da mesma alma que um animal — completou Diana.

— Eles estão certos — concordou Alek levando os legumes à boca. — Se já temos problemas com entidades clandestinas que fazem o *Symbiosa*, talvez seja melhor continuarem sem nos contar muita coisa.

— Eu acredito que não nos contarão todos os detalhes — completou Emma, sentindo um calorão. — Mas confesso que sou bastante curiosa.

Emma olhava para o prato e para a mesa, e da mesa para o garoto, mas estava perto demais para conversar olhando para Alek. Seu estômago fervilhou de ansiedade e voltou a fitar a sopa. Não queria que ele percebesse que estava interessada.

— Eu também estou bem curioso para saber como é possível um *ealli* se ligar a nós assim. — O braço de Alek, por um momento, tocou o de Emma sem querer e ela sentiu um frio na barriga. Vez ou outra, seus braços se tocavam quase que por um completo acaso, e isso não pareceu incomodar nenhum dos dois.

O tempo havia passado tão rápido que foram os últimos a sair do salão. Quando Emma olhou para trás, lá estava Petra sentada ao lado de Roy. Ela quase havia se esquecido de que a amiga jantaria com ele nessa noite. Petra parecia bastante feliz.

Pouco depois, todos já estavam acomodados entre as mesas e pufes da biblioteca, aguardando a última reunião do dia, que, na verdade, Emma já brincava chamando-a de "momento revelação". Fridtjof estava em pé e parecia ansioso, acertando tapas na superfície da mesa de madeira. Maja já os esperava por lá sentada a uma escrivaninha, parecendo estudar compenetrada. Então, retirou os óculos e se levantou, trocando duas ou três palavras com Fridtjof e, a seguir, se dirigiu aos hóspedes:

— Sinto muito por tirá-los de seus momentos de descanso e de lazer. — Dirigiu seu olhar à Emma e continuou. — Doutor Bávva pegará um barco e virá para cá esta madrugada. Ele me pediu que desse maiores instruções sobre o uso dos artefatos de proteção ao *Symbiosa*.

Murmúrios percorreram os arredores da biblioteca. Havia algo estranho e que a federação parecia esconder de todos. Emma sentiu isso. Ela tinha certeza disso.

— Já entendemos que há uma ameaça escondida pelo mundo — falou um homem de cabelos compridos como o de um vocalista de Black Metal.

— Mas seria melhor que fossem mais claros conosco para estarmos preparados de verdade para o pior.

Após um longo suspiro, Maja continuou:

— Por favor, Oliver, acalme-se. Insisto na compreensão de todos. Não há lugar completamente seguro, nem mesmo em suas casas. Há rumores de que o inimigo está também escondido em Tromsø. É necessário ficar em alerta e se unirem para se protegerem. Se algum de vocês se deparar com algo suspeito, devem informar a Fridtjof ou a mim. E, caso encontrem alguém em perigo, usem o *duodji* — ela se referia ao artefato de proteção.

Aquelas palavras fizeram com que todos se encolhessem.

— E como podemos ter certeza de que esses artefatos funcionam de verdade? Eles parecem apenas objetos decorativos usados por pessoas supersticiosas — falou Oliver e com certa razão.

— Compreendo a preocupação de todos. Mas preciso que confiem em mim e em nós.

— E como podemos confiar se nem ao menos sabemos o que foi feito de nossas almas? — uma mulher com lenço na cabeça e que aparentava ter meia-idade falou, cruzando os braços como se esperasse ouvir que sua alma não lhe pertencia mais.

— Foi para isso que os convoquei aqui esta noite. Para contar-lhes como é feito o *šaldi* e para que possam usar esse conhecimento caso precisem. Para executar o elo, retira-se um pouco do plasma animal e do paciente. Em seguida, é colocado em um frasco contendo uma substância especial. Depois, ele é submetido a um processo com algumas ervas e raízes e, em seguida, é inalado pelo *ealli* e pelo obtentor. Depois, esse conteúdo é injetado de modo intravenoso.

— Os vegetais usados têm uma distinta propriedade que antes não se conhecia. O *šaldi* é a ponte criada pela estranha volatização da propriedade desses vegetais e um microrganismo que cresce nos ferimentos da bétula. Não conseguimos explicar para a ciência tudo o que acontece no processo. Como, por exemplo, explicar que é necessário haver um *noaidi*, um líder espiritual capaz de "juntar as vidas", enquanto obtentor e *ealli* dormem sob o efeito da substância especial. — Ao dizer juntar as vidas, Maja fez sinal de aspas.

— Somente os *noaidi* indicados pelas auroras podem fazer o procedimento, uma vez que é dado a eles o presente de poder conversar com os seres especiais responsáveis pela vida. Esses seres podem ou não aceitar também o *šaldi*. Vai depender de inúmeros fatores sobre os quais não temos controle. A rejeição dessa ponte é marcada pela morte do *ealli* logo a seguir, por não aceitar o processo de união.

As pessoas ficaram agitadas diante do que, para uns, pareceu uma história de terror e, para outros, uma história espiritual que fazia muito sentido. A mulher com lenço na cabeça gaguejou alguma coisa em búlgaro. Eriador se levantou de forma imperativa balançando a cabeça, irritado:

— Isso não pode ser possível. Como esse processo poderia resultar em algo tão místico e complexo? Vocês só podem estar brincando com a gente.

— Como pode dizer isso? — deixou sair Emma. Todos olharam para ela, surpresos com a atitude inesperada. — Seu *ealli* o salvou, deu a vida por você, mesmo tendo a chance de ter morrido! — Emma sentiu o rosto esquentar, e quando se deu conta, estava completamente rubra.

— Emma e Eriador... sentem-se e acalmem-se — disse Fridtjof, repousando sua mão sobre o ombro do homem de idade. — Ninguém aqui está brincando. Tudo é místico até que seja completamente desvendado ao nosso entendimento. O que importa é que você está bem e seu peixe aceitou esse fardo, mesmo tendo a chance de ter morrido por você.

Pelo resto da noite não se falou em outra coisa que não fosse a ameaça que a federação estava escondendo de todos. As pessoas irritadas se aglomeravam discutindo se deveriam tomar alguma atitude. Muitos esperavam que a chegada de Bávva traria respostas, pois, se a ameaça também havia chegado em Tromsø, não estavam mais seguros nem mesmo em Kvaløya.

— Eu acho que essas pessoas são um tanto mal-agradecidas — falou Emma sentindo raiva por não acreditarem em Maja. E assim, falou ainda mais alto para que fosse ouvida. — Um tanto mal-agradecidas!

Emma estava na sala de estar quando Petra também entrou ao lado de Roy. Ao ver Emma, a amiga corou e, em seguida, levantou as sobrancelhas com um sorriso meio sem graça. O monitor parecia mais bonito dessa vez, talvez por não estar usando o uniforme laranja.

— Aaaai! — murmurou Anne sentando-se ao lado de Emma, procurando se acomodar melhor na parte macia do encosto. Ela tentava evitar a pressão nos hematomas causados pela estocada que recebera de Kendra. — Por que está tão quieta?

— Eu estou pensando. Lembrando de uma coisa que vi na minha escola lá em Narvik. Algo que penso toda hora e que talvez tenha alguma coisa a ver com o *Symbiosa* — e quando disse isso, abaixou os olhos para a mesa de centro onde havia a figura de uma rena esculpida em madeira.

A menina se mexeu desconfortavelmente na almofada e ajeitou os óculos como se estivesse preparada para escutar.

— Vou contar a você, mas não diga a ninguém a respeito, tudo bem? Digamos que eu queira apenas saber o que você acha disso.

— Certo. Não vou sair espalhando, pode confiar.

Emma não aguentava mais guardar para si toda aquela história. Contou a Anne sobre o acontecimento que presenciou na biblioteca de sua escola, desde a festa de confraternização até a procura por Jonas e o encontro com o pobre gato.

Os olhos da garota se arregalaram diante daquela terrível história. Questionou que tipo de gente teria coragem de praticar tal ato.

— Você devia contar isso ao Bávva. Será que ele sabe?

— Creio que não. Tudo aconteceu muito rápido. Duvido que isso tenha chegado aos ouvidos dele.

— Você imagina que isso pode ter a ver com o que a federação está escondendo de nós?

— Talvez isso explique alguma coisa. Por exemplo, o fato de a federação nos reunir com urgência em pleno inverno e nestas montanhas afastadas.

— Já parou para pensar se nossos animais correm perigo? Pelo menos aqui é um bom lugar para escondê-los. Por isso, você não pode deixar de contar isso ao doutor. Matar um animal hoje em dia é correr o risco de matar também uma pessoa e vice-versa.

Emma balançou a cabeça, concordando.

**

Eram quase dez horas da noite, e a movimentação na mansão havia diminuído consideravelmente. Aquela era uma boa hora para Anne e Emma fazerem uma visita rápida a seus animais, já que não queriam tanta gente em seus caminhos, principalmente Kendra. Além do que, aquela conversa sobre o perigo que poderiam estar correndo havia mexido com elas e ficaram mais preocupadas.

As luzes do celeiro estavam apagadas e a porta, fechada. Mas viram uma estranha luz fraca se movimentar pelos vidros. Talvez fosse a luz de uma lanterna. Alguns cachorros latiam.

— Não sabia que neste horário mais pessoas viriam dar boa-noite aos *ealli*. Mas por que usar lanterna? — questionou Emma.

— Você lembra o que disseram os monitores depois da reunião? Para evitar entrarmos aqui sozinhos. Por que será? Talvez fosse melhor voltarmos...

— Reuniões — repetiu Emma. — Não aguento mais reuniões. — Deu o primeiro passo e abriu a porta.

Ao entrarem, escutaram um ruído que veio dos fundos, próximo à ala dos mamíferos. Emma e Anne se entreolharam, preocupadas. Caminharam na ponta dos pés. Num lampejo da luz noturna, viram o olhar de uma pantera-negra através de um recinto de vidro. Alguns animais noturnos movimentavam-se em suas jaulas, de um lado para o outro. Foi quando ouviram um estrépito que parecia ter vindo da ala das aves.

— Muitas aves não enxergam bem à noite — sussurrou Emma. — Com certeza elas se assustaram.

Emma se aproximou da ala das aves, passando pela ala dos répteis que estava bem ao lado, aberta. Viu um homem de costas com uma lanterna na boca, iluminando um recipiente. Em sua mão esquerda tinha um pequeno conta-gotas, e na direita havia um vidro âmbar.

— Não vá lá... Fique aqui — insistiu Anne.

Mas Emma ignorou o pedido da amiga e avançou por trás da mesa:

— Roy, o que está fazendo com isso? — Emma falou em tom acusatório e chocada por ver o monitor.

Ele se virou num sobressalto com as mãos trêmulas.

— Foi um pedido de Bávva — respondeu rapidamente e bastante nervoso com a situação.

— Você está mentindo — Emma alterou a voz, dando um passo à frente. — Está envenenando a água dos animais.

— Não, você está enganada — Roy apontou para o frasco âmbar. — Isto aqui não é veneno.

— Tem certeza? Você poderia beber um pouco? Escute, você não vai sair impune. Todos saberão o que você fez.

— Melhor você não fazer isso. A federação não quer assustar ainda mais os confederados.

— O que vocês estão escondendo de nós? — Emma avançou um passo, pois sua raiva aumentou ao imaginar que Ruponi poderia beber a água alterada a qualquer momento. — Vocês nos trouxeram para cá para ter controle sobre nós e nossos animais!

— Mais ou menos isso. Mas não no sentido que está pensando!

Naquele momento, Anne se encolheu ainda mais num canto escuro da sala. Estava com dores e com muito medo.

— Nós não somos suas cobaias. E você jamais conseguirá algo com Petra. Ela nunca aceitaria um tipo como você.

— Você entendeu tudo errado, Emma. Estamos tentando protegê-los. Não estou enganando ninguém, e sim prevenindo que algo pior aconteça.

— Escondido aqui a uma hora dessas não é o que você me faz pensar.

— Então olhe por si mesma! — falou, ficando irritado. — Tire suas próprias conclusões.

Ao dizer isso, o monitor avançou um passo, estendendo o frasco âmbar para que Emma pudesse ler o rótulo.

— Hipoclorito? — leu, confusa.

— Exato. Ocorreram boatos de que alguém poderia vir contaminar os galões de reserva de água dos animais e, por isso, o doutor me pediu que jogasse cloro no reservatório. Ele não quer causar pânico nos confederados e, desse modo, pediu que eu fizesse isso para que ninguém visse. Peço que não conte aos outros o que viu. Mas, se não acredita em mim, converse diretamente com Maja ou Bávva.

E ao dizer isso, Roy pingou uma gota do conta-gotas dentro de um pequeno copo de plástico, colocou água da torneira e bebeu.

— Está satisfeita? — falou, entregando o copo na mão dela.

O monitor se virou, iluminando três galões de água que estavam no canto da ala dos répteis, logo abaixo da janela.

— Ainda faltam aqueles e a ala das aves. Querem me ajudar?

Emma e Anne se entreolharam, e a menina deu de ombros.

— Tudo bem — respondeu Emma absorvendo tudo aos poucos.

Assim, entregando um frasco fechado de hipoclorito para Emma, que o cheirou algumas vezes para ter a certeza de que era cloro, seguiram abrindo os galões e despejando algumas gotas. O cheiro do produto bactericida revelou que Roy dizia a verdade.

Emma e Anne deram uma boa espiada nas aves e viram que Ruponi estava encolhido no poleiro com a cabeça sob a asa, dormindo. Abriram os galões e despejaram uma dezena de gotas do produto.

Quando voltaram à mansão, permaneceram quietas durante algum tempo, como se evitassem falar sobre o ocorrido.

Petra e as outras garotas já haviam fugido do frio, escondendo-se sob as cobertas de suas camas e lendo livros sobre biologia animal emprestados da biblioteca.

Emma, por um tempo, ficou olhando pela janela e pensou ter visto uma pessoa caminhando por entre as árvores em direção à floresta. E imaginou que pudesse ser algum tipo de ronda noturna. Achou melhor não compartilhar o ocorrido com as garotas para não despertar um alarde desnecessário, apesar de ter um estranho sentimento de trair a confiança delas. No entanto, achou melhor assim, e possivelmente mais seguro, por enquanto.

Capítulo 11

Na manhã seguinte, ao descer as escadas, Emma e Petra viram as pessoas ao redor da árvore de Natal, aos sussurros. Os olhares e os ânimos pareciam caídos, densos como rocha sob a água.

Foi quando viram dois policiais em pé conversando com Fridtjof, Maja e, entre eles estava Bávva, vestido com um sobretudo de lã e luvas *sámis*. Suas feições eram preocupantes. Ao seu lado havia uma rena majestosa, deitada no tapete do salão.

— Acabamos de saber que um dos monitores da federação foi encontrado morto perto daqui — disse Inigo, ajeitando os óculos, quando viu as garotas se aproximarem.

Petra arregalou os olhos em desespero e Emma ficou de queixo caído quando logo Roy lhe veio à mente.

— Torsten foi encontrado próximo do cercado perto da floresta — explicou o garoto, ajeitando os óculos.

— Mas nós o vimos ontem na reunião! — exclamou Emma sobressaltada. — Você disse que ele foi morto? Assassinado?

— Isso mesmo. Ainda não sabemos muito bem o que houve com ele.

— Ouvi os policiais perguntando se temos algum felino de grande porte entre os *ealli*, ou talvez um urso... — acrescentou Alek, ouvindo a conversa e se aproximando.

— Será que Torsten foi mesmo morto por um animal? — Petra olhou incrédula. — Impossível! Os animais aqui são *ealli*.

— Talvez fosse um grande urso ou quem sabe até mesmo javalis selvagens — arriscou Inigo.

— Não há javalis aqui no Norte, muito menos ursos em Tromsø! — exclamou Emma, achando aquele papo bastante furado, e o menino só fez um gesto indicando que não sabia como argumentar sobre o fato.

Emma segurou Petra pelo braço.

— Nos dê licença. — Petra olhou sem compreender o que ela queria.

Emma arrastou a amiga até um canto da mesa do café da manhã. Ela queria privacidade.

— O que foi?

— Petra, preciso te contar uma coisa.

Emma contou rapidamente o fato ocorrido na noite anterior no celeiro.

— Ele estava pingando hipoclorito nos galões de água? — Petra ficou chocada.

— Sim, para evitar uma possível contaminação induzida por alguém que quisesse adoecer os *ealli*. Disse que o produto foi colocado a pedido de Bávva.

— E o que você acha disso? Ele dizia a verdade?

— Penso que sim. Não vou deixar de ter uma conversa dessas com o doutor. E agora isso... Acho que estamos em uma situação pior do que imaginávamos.

— É muita coincidência tantos alertas por parte de Maja e isso vir logo a acontecer — disse Petra. — Alguém aqui dentro deve estar envolvido. Você acha que um animal poderia matar uma pessoa? Digo, um *ealli*?

— A não ser que alguém o mande fazer isso? — Emma respondeu em tom de pergunta. Ela também não sabia a resposta. Às vezes, dizia a Ruponi para vir em seu colo, e a ave preferia ficar no poleiro. — Não sei se é possível dar ordens como estamos imaginando.

— Rufus é bem teimoso. Também não sei se seria possível chegar nesse nível de controlar a mente de um *ealli*.

O café da manhã foi um tanto indigesto para elas. Seus pensamentos estavam a mil. Emma não sentia vontade de conversar. Petra ficou ali ao lado dela, quieta. Anne chegou não muito depois com Frida, Diana e Calila e, em seguida, sentaram-se ali com elas, trocando as informações daquela manhã conturbada, mas nada foi dito a respeito da visita às escondidas do monitor aos galões de água.

Petra viu Roy se aproximando da mesa para dar-lhe bom-dia. Seu rosto corou de imediato, mas ainda assim ficou tensa com o que soube a respeito dele. Toda aquela história estava muito mal contada. Ele sentou-se ali ao lado das garotas e trocou olhares tensos com Emma e Anne, que, imediatamente, devolveram na mesma moeda.

— Hoje as atividades terão que tomar outro rumo — ele começou dizendo.

— Como assim? — quis saber Emma.

— Quero dizer que não há mais tempo para conversa. O grupo todo precisa entender quem é o nosso inimigo para que possa levar a sério os treinamentos. Vocês ainda não entenderam quão perto estão do perigo. Os treinamentos serão mais rigorosos daqui para a frente — Roy disse num sobressalto. — A vítima poderia ter sido qualquer um de nós, mas ainda não chegou nossa hora.

Ao ouvirem aquelas palavras, as garotas se entreolharam assustadas.

— Você acha que foi um animal o assassino do Torsten? — questionou Petra. — Pode nos contar o que aconteceu de verdade? Estamos todas cansadas de rodeios.

— Este é o momento de a federação ganhar a confiança de todos nós — acrescentou Emma, séria — ou infelizmente perderá a credibilidade que conquistou durante todos estes anos. Não queremos ser manipulados.

— Bávva vai falar com todos depois do café da manhã. Mas posso acrescentar a vocês que existe uma grande possibilidade de o monitor ter sido atacado por um animal. Por conta dos ferimentos que vi, ouso ainda dizer que este não é um dos nossos *ealli* conhecidos.

Emma sabia que Roy havia se sentado ao lado das garotas para dar a Petra alguma satisfação do ocorrido. E Petra se virou para ele antes que se levantasse:

— Qualquer novidade, por favor, venha nos avisar, o.k.? — disse, com um leve sorriso.

— Pode deixar. Tenho que ir, desculpe. — O monitor levou sua mão à mão dela, apertando-a contra os lábios.

O clima pesado havia atingido a atmosfera fria, nebulosa, sobrecarregando até mesmo a imagem da colorida árvore de Natal na aconchegante sala. Era como um triste final antes de uma festa de Natal. Emma sorriu sarcasticamente para a árvore por um instante.

"Árvores têm alma para ver o sofrimento das pessoas?", pensou. E concluiu que, se tivessem, aquele pinheiro teria escondido os seus enfeites natalinos sob sua sombra. "Foi pouco antes do Natal que ele também se foi", lembrou-se de seu pai antes que virasse as costas. Ela não gostava do Natal tanto assim depois disso. Mas tentava sempre se lembrar dos Natais que passaram juntos. Às vezes, jogava *videogame* nesse dia só para continuar os jogos iniciados pelo pai, e os personagens que ele criava eram quase uma parte dele viva nos jogos.

— Preciso ver o Ruponi — por fim falou, sentindo o estômago congelar.

Emma e Petra foram rapidamente ver seus animais, preocupadas se estaria tudo bem por ali no celeiro, sendo orientadas a não irem além dele. Ruponi estava tão bem quanto na noite anterior. Emma pegou a ave para um rápido passeio no qual ele pôde esticar as asas e dar voos curtos, aproveitando a chance para capturar um pequeno roedor e variar o desjejum. Petra pegou seu carcaju nos braços e brincou com ele na neve, próximo à entrada do casarão.

— Ele deve estar sentindo falta da liberdade que tinha quando dormia na cabeceira da minha cama.

— E você não tem medo de ser bombardeada com cocô de falcão? — Petra arregalou os olhos e fez cara de nojo.

— Que nada! — riu Emma. — Tenho mais medo do dever de matemática.

Emma percebeu o quanto tinha estado tensa todos aqueles dias, e rir um pouco era muito bom.

— Vocês riem enquanto os amigos do garoto morto choram. — A voz agourenta de Kendra cortou o ar de forma estridente e cáustica.

Emma, por um momento, sentiu vergonha por ter se divertido com o comentário de Petra diante daquela situação.

— O que você quer? — interrogou Petra. E Emma viu o carcaju mostrar os dentes e rosnar. Petra teve que puxá-lo fortemente pela guia que o prendia.

— Procurando por alguém um tanto insensível que poderia estar envolvido com a morte do monitor — disse com azedume. — Não posso deixar de investigar um caso como esse. Seria o mesmo que não aproveitar a minha inteligência.

Emma respirou fundo, e quando se virou para Petra, para sugerir que caminhassem em outro lugar, viu uma imagem rápida como um *flash* de um rosto que pairava, flutuando entre as folhas das árvores no meio da névoa. Mas quando olhou novamente, já não estava mais lá. Ficou com o cenho franzido, tentando olhar de soslaio para o mesmo ponto, enquanto Petra e Kendra continuavam discutindo aos cutucões, até que os rosnados de Rufus a espantaram para longe.

— Que garota mais chata! — falou em alto e bom som.

— Você percebeu que tinha alguém em cima da árvore? — Emma mudou de assunto, com a face pálida.

— Tinha alguém numa árvore? Não foi impressão sua?

— Não foi. Definitivamente não.

O tempo todo as pessoas permaneciam próximas à entrada do casarão aos cochichos, irritadas e com olhares desconfiados de quem ansiava por uma resposta. Boatos de que alguém de lá de dentro havia sido o responsável por aquele terrível incidente cresciam ainda mais. Bávva estava com a aparência abatida, o que era muito incomum para quem o conhecia de perto, e após horas de conversa com a polícia de Tromsø, finalmente conseguiu se retirar para seus aposentos com suas malas de viagem.

Além do médico *sámi*, Maja e Fridtjof, conversando com as autoridades do local também estava Aron Eriksen, homem que havia dedicado sua vida aos estudos da medicina alternativa e fundado a Sociedade Científica de Produtos Naturais. Emma já tinha visto o médico em algumas matérias do jornal da federação. Ele tinha barba curta e bigode cinza, com costeletas que o faziam parecer um inglês de 1800.

— Uau... — falou Diana como se visse uma assombração. — Essa colônia só existe por causa dos esforços de Eriksen.

Viram Eriksen e Bávva entrando e saindo da sala de reuniões, sem se envolverem em conversas longas pelos corredores. Emma, pelo que conhecia do doutor Bávva, sabia que ele faria tudo o que estivesse a seu alcance para ajudar a todos. Eriksen partiu naquele mesmo dia. Souberam que estava encarregado de oferecer um bom funeral a Torsten no dia seguinte, levando seu corpo para ser enterrado em Bergen, de onde era sua família.

— Espero que compreendam que não temos tempo para delongas e conversas de corredor — Bávva anunciou de modo direto. — Confiem em mim como confiaram no passado. — Ele moveu-se desconfortavelmente na cadeira enquanto buscava pelos artefatos *sámis* presos à cintura das pessoas ou em suas mãos. — Vocês não estão aqui somente para aprender sobre o *Symbiosa*, mas também para termos como protegê-los. Fontes seguras me disseram que uma ameaça se aproxima sorrateira e precisa. Ela é organizada e perigosa, espalhou-se pelos continentes. Todavia, posso perceber que até mesmo aqui, no Ártico, estamos sendo ameaçados. — Nesse momento seu olhar pareceu cinza como gelo. — Infelizmente perdemos o Torsten esta manhã, e tudo indica que foi atacado por um grande animal.

— Se isso aconteceu a ele, poderá acontecer com qualquer um de nós — disse William. — Não estou conseguindo entender como pode nos proteger, então.

— Nós estamos tentando protegê-los melhorando sua integração com o *ealli*. Mas isso requer um tempo de preparo. Alguns de vocês já possuem essa ligação estabelecida, sendo capazes de se proteger utilizando a habilidade de seu animal, assim como o animal tem a capacidade de sentir como o obtentor está no quesito saúde, tanto física quanto mental. Estamos ensinando a vocês o segredo de como a ponte entre almas é construída.

— Mas isso não irá nos defender de um cara que tem a intenção de matar — replicou o homem. — Quem está atrás de nós? Me diga, que assim posso dar uns murros nesse cara.

— Percebemos que o buraco é mais embaixo, William — disse Bávva. — Não há como somente bater de frente com uma facção se sua ideologia está disseminada nos filhos. O que quero dizer é que estamos lidando com uma espécie de criador-criatura, com homens que usam o *Symbiosa* para criar uma ponte além do proposto pela medicina.

Os olhos das pessoas brilharam com medo. Um murmúrio percorreu o salão. Desde que a ciência aceitou o *Symbiosa* como parte da medicina, inúmeras oposições foram criadas nas redes sociais e foram feitas até mesmo manifestações diante de hospitais e zoológicos, com o intuito de rechaçar os possíveis malefícios que isso poderia trazer à sociedade como um todo.

O doutor estava acostumado a ouvir frases de ataque, como, por exemplo, que a vida deveria seguir com a lei do mais forte. Assim, os menos capazes de sobreviver pereceriam ou se tratariam com a medicina tradicional.

— Posso estar errado, mas temo que a própria polícia esteja contra a Federação Médica do *Symbiosa*. Por isso, resolvemos alertá-los para que fiquem atentos com situações que poderiam ser consideradas suspeitas. Qualquer atitude suspeita deve ser logo informada a mim, a Maja ou a Fridtjof, pois só assim conseguiremos nos ajudar.

— O perigo talvez não esteja lá fora — murmurou Emma, e Bávva a olhou como se tivesse ouvido.

— Aposto que pegaremos esses caras antes da polícia — falou William.

— Enquanto estiverem aqui, vocês serão meus olhos. — Bávva foi categórico.

As pessoas se entreolharam insatisfeitas.

— Peço que vocês deem o melhor de si nos treinamentos que se seguirão. Maja exigirá maior conhecimento bibliográfico sobre o elo, além de ensiná-los a parte prática mental de como acessar a ligação com o *ealli*. Espero no final desta semana obter relatórios bastante positivos sobre todos vocês. Mais uma vez peço que confiem em mim da mesma forma que um dia precisaram confiar para salvarem a vida de vocês. Aqui estarão mais seguros do que fora. Sim, há criminosos que querem acabar com a existência do *Symbiosa*, e por isso precisamos nos unir.

O medo e a desconfiança pairavam no ar. Emma esperava que Bávva estivesse certo do que estava fazendo, pois as pessoas ali não estavam com um espírito de equipe.

O dia começou com o treinamento com Fridtjof, em que treinaram o uso da adaga *sámi* e movimentos rápidos de fuga e esquiva. A carga horária do treinamento havia aumentado pelo menos uma hora.

— Quando eles mudam alguma coisa, eu não consigo tirar da cabeça que fazem isso porque estão desesperados — disse Emma para Petra.

— Acha que também devíamos estar? — Petra observou pegando seu quimono e saindo do treino.

Emma assentiu com a cabeça.

— Teremos que nos defender em algum momento de algo que nem mesmo sabemos o que é.

Ao final do dia, após um treinamento de meditação, Emma estava decidida a ir conversar com Bávva sobre o que presenciou na escola. Ela tinha um palpite de que os revoltosos podiam estar mais perto dela do que de qualquer um. Encontrou-o sentado no jardim de inverno ao lado de sua rena Ukko. Maja estava ali com ele sentada, acariciando um arminho.

— Doutor Bávva... — Emma se aproximou pedindo licença e sentando-se ao lado dele. — Preciso lhe contar uma coisa.

Capítulo 12

Bávva ficou chocado diante da confissão de Emma. Ele se levantou em um sobressalto.

— Isso é algo extremamente grave — disse, com o olhar perdido entre as folhagens. Maja não disse absolutamente uma palavra. Parecia chocada demais.

— Sim — Emma respondeu com lágrimas nos olhos. Se sentia péssima com a situação.

— Por favor, acalme-se Emma — pediu Bávva. — Não divulgamos o ocorrido para que não alarmasse ainda mais os obtentores. O gato de Stella estava sumido até o momento, e eu não conhecia essa história que você me conta. A família acredita que o animal morreu atropelado, mas, se o gato que você viu for mesmo o da Stella, isso é um caso mais sério do que eu pensava.

Emma arregalou os olhos e se encostou na cadeira como se uma ventania a empurrasse contra o assento. Ela também já sabia disso.

— Podia ter sido eu! — Emma falou perplexa, notando que o perigo estava mais perto do que imaginara. Sentiu as lágrimas escorrerem pelas bochechas. Tinha vergonha de chorar na frente das pessoas, mas daquela vez não teve.

— Por que mataram a Stella? — Emma falou, sentindo revolta.

— Por favor, fale baixo — disse Bávva preocupado que a situação piorasse. — Algumas questões importantes ainda não conseguimos responder. Mas outras somos capazes de supor.

— O senhor acha que alguém teve a intenção de provocar a escola? — ela concluiu, secando as lágrimas com as mãos.

— Você se lembra de como o colégio te recebeu quando ingressou na escola? — Emma percebeu que pela mente de Bávva passavam inúmeras coisas. — Houve alguma resistência em aceitá-la?

— Acho que levou algum tempo até minha mãe conseguir me colocar lá dentro. Você quer dizer que eles não me queriam lá? — deduziu, ficando branca. — Sim... quando iniciei os estudos, eu já estava atrasada nas matérias...

Emma estremeceu ao pensar que a direção da escola estava envolvida de alguma forma com a morte do gato. "Talvez essa fosse uma maneira de expulsar a gente de lá", pensou ela, sem dizer tudo o que pensava.

— Vou tentar apurar o caso de Stella fazendo algumas ligações — Bávva disse parecendo bastante abatido, apanhando o celular e verificando seus contatos.

— Eu preciso dizer mais uma coisa ao senhor. — Engoliu seco, esperando que o que diria fosse algo já conhecido pelo doutor. — Encontrei Roy ontem à noite colocando algo que dizia ser hipoclorito nos galões de água dos animais. Ele disse que foi um pedido do senhor. Isso é verdade?

— Sim, é verdade. Fiquei temeroso quanto à chance de contaminação dos animais, pois se a intenção é acabar com uma vida de forma que não deixe muitas pistas, uma das maneiras mais eficazes é causando-lhe uma infecção alimentar irreversível. Tentamos checar e fazer testes diários com a comida, e essa medida foi implementada para o reservatório de água.

— O senhor realmente acredita que alguém poderia contaminar os animais aqui, tão longe de tudo? Como soube o tamanho do risco que corremos?

Ele olhou para Maja com apreensão e dela para Emma.

— Você acredita em fantasmas, Emma?

Emma devolveu um olhar de quem não havia escutado direito.

— Bom... Acho que acredito. Por quê?

— Uma pessoa muito querida e a quem devemos todo o conhecimento da cirurgia do *šaldi* fez uma revelação a mim.

Emma sentiu seu coração palpitar. Nunca havia escutado o doutor falar sobre a vida pessoal.

— Algum *sámi*? O *noaidi*?

— Exatamente. Meu querido avô. Ele acabou de falecer.

— Puxa, sinto muito, Bávva... Digo, doutor Bávva... Eu nem sei o que dizer. — Emma havia entendido que ele se referia a Mikkal, o sacerdote *sámi* que havia descoberto como fazer o *šaldi*.

— Emma, uma revelação foi feita em minha família, e Maja sabe que quando isso acontece é porque os espíritos querem nos alertar. Nos dar uma segunda chance.

A mulher apenas concordou com a cabeça. Ela não tirava as mãos do arminho, que dormia em seu colo.

— Um dia antes de seu falecimento, as auroras boreais revelaram a meu avô que o *Symbiosa* se romperia. Que o homem julga-se por demais evoluído para igualar sua alma à de um animal, ou dividir sua alma com um.

— Pessoas assim são cheias de si! Sentem-se superiores! É como se ter um *ealli* inferiorizasse a pessoa.

— Imagine quando você faz um remédio e pode vendê-lo aos diabéticos, hipertensos, epilépticos e qualquer outra pessoa que necessite tomar remédio para o resto da vida — explicou ele, e a rena olhava-o como se entendesse o que dizia. — Agora, imagine se você não pudesse mais vender esse remédio porque os doentes estão se curando...

— O senhor quer dizer que as indústrias farmacêuticas estão descontentes com o *Symbiosa*, que pode ser a medicina do futuro ao alcance de todos... Mas se eles estão envolvidos, por que matariam Torsten, que nem mesmo um *ealli* tinha?

— Tenho certeza de que a morte do gato em sua escola e a morte do Torsten têm a ver com isso — falou categórico. — Minha viagem de última hora a Kautokeino *teve* a ver com isso.

Os olhos de Emma se fixaram no médico, como se tentasse assimilar tudo aquilo de uma só vez.

— Estão dizendo que Torsten foi morto por um animal grande — testou a garota.

— Sim. Mas esse não era um animal comum. Temo em pensar que estamos diante de um erro.

— O que quer dizer?

— Que estão fazendo uso do *Symbiosa* para outros fins. Poucas pessoas sabem realmente como funciona o *Symbiosa* devido a esta ser uma medicina considerada nova. Um *šaldi* clandestino pode dar dinheiro aos interessados e, além disso, seus erros causam medo à população e nos denigrem na mídia. Isso faria a indústria farmacêutica encorajar as pessoas a voltarem a comprar os remédios para se tratar.

Emma olhou para ele e dele para Maja, desconcertada. Tudo fazia muito sentido agora.

— E o que o senhor me aconselha a fazer?

— Fique de olhos bem abertos, como Ruponi faz. Qualquer coisa que estranhe, não deixe de me contar.

— Os guardas-noturnos não encontraram nenhuma pista do que poderia ser o animal que atacou Torsten? — Emma achou melhor perguntar.

— Guardas-noturnos? Você quer dizer a polícia que esteve aqui pela manhã? — Maja quis saber sem entender.

— Não. Estou falando de quem faz a ronda noturna — especificou a garota.

Bávva olhou para Maja e desta para Emma.

— Não temos guardas-noturnos — confessou Maja. — Nem mesmo quem faça uma ronda noturna.

— Vocês têm certeza? — Emma ficou arrepiada. — V-vocês querem dizer que o que eu vi não eram guardas... Então o inimigo está nos espionando!

— Preciso fazer umas ligações e ir até a cidade — levantou-se Bávva de repente. A rena se levantou com ele quase sem fazer barulho, e ela tremia como se fosse possível renas sentirem frio.

Emma assentiu, percebendo o quanto havia preocupado Bávva com suas informações. Ela também ficou chocada com a notícia. Por um momento, sentiu-se perdida em suas lembranças, até que Maja pegou em suas mãos e olhou diretamente em seus olhos.

— Você tem o dom de seu *ealli*. Peço que continue sendo nossos olhos, assim eles protegerão a todos.

Capítulo 13

O dia seguinte chegou rápido demais. Como se não bastasse a notícia ruim do dia anterior sobre a morte de Torsten, Alek desceu de seu quarto preocupado, perguntando por Eriador. Em plena madrugada, tinha visto o idoso se levantar, acreditando que ia ao banheiro. Mas, quando amanheceu, notou que ele não havia voltado.

Os monitores saíram à procura do homem em todos os aposentos do casarão, mas nada. Suas coisas continuavam no quarto, só o pequeno aquário com o peixe betta não estava ali.

No saguão de entrada, as pessoas discutiam o ocorrido. Questionaram aos monitores a possibilidade de saírem procurando pelo idoso aos quatro cantos da grande propriedade e até mesmo fora dela.

Maja e Fridtjof estavam entre eles e orientaram que formassem grupos de procura, pois seria mais seguro a todos. Deram permissão para alguns *ealli* adaptados ao frio serem utilizados também na busca.

— Vá pegar logo seu *ealli* — disse Emma para Petra. — O Ruponi vai me ajudar na procura do Eriador. Alek foi pegar a Ragni para ir conosco.

— Talvez seja arriscado ir com os animais. Não sabemos o que há lá fora. — disse Diana.

— Se acontecer algo a mim, o Ruponi também vai sofrer com isso — replicou Emma ajeitando a luva em que a ave estava pousada. — Quanto antes formos, antes voltamos e com todos salvos.

— Olha só ela falando como se fosse uma guerreira nórdica — a voz estridente não negava que a origem era das cordas vocais de Kendra. — Você realmente acha que se o velho tonto saiu lá fora nesse frio, estaria vivo? Nem mesmo encontraram o peixe dele.

— Uma guerreira que não sabe nem dar um soco — falou Lean, gargalhando alto.

— Quer senti-lo na sua boca? Digo, o soco? — Emma sentiu o rosto queimar de raiva. Ruponi eriçou as penas.

Lean encarava a garota desejando que ela começasse um tumulto.

— Cuidado, senão o tal namoradinho dela... o do papagaio africano, vai vir defender a coitada com uma dancinha — completou Kendra, enrolando o dedo nos cachos serpenteantes.

— Estamos de saída — Petra interveio. — Depois a Medusa e esse Hércules malnutrido conversam com você.

Kendra e Lean desviaram seus olhares para Petra como se ela fosse o próximo alvo para o bote.

— Pessoal — falou uma voz externa que fez o coração de Emma pular contra a garganta ao perceber que se tratava de Alek. — Vamos? Ah, oi, Kendra; oi, Lean. Vocês também vão com a gente?

— Não! — falou Petra rapidamente. — Nós já estamos de saída. Já temos um lobo e um falcão aqui com a gente. Eu vou buscar o Rufus.

Kendra e Lean perderam o interesse no momento, mas quando foram embora, o garoto fez uma vozinha irritante, prometendo quebrar os dentes de quem pagasse de herói guerreiro.

— Esse cara é meio idiota, não é? — Alek virou o polegar para o casal que se distanciava.

— Só ele? — O peito de Emma arfou adorando aquele comentário.

— Acho que Inigo deve ter tomado leite demais. Até agora não saiu do banheiro.

Emma riu daquele comentário e Ruponi piou parecendo feliz.

— Venha conosco, então — falou Emma, percebendo que sorria para ele, então em seguida tentou ficar séria.

— Nossos *ealli* devem fazer uma boa dupla. — Ao dizer isso, acariciou Ragni, que lambeu sua mão.

— Uma ótima parceria — concordou imediatamente Emma. — Eu e você... Quer dizer, eu posso ver bem de longe e você deve ser bom em farejar coisas escondidas. — Ela respirou fundo quando percebeu que conseguiu sair da enrascada que estava entrando ao divagar na palavra *parceria*.

— É verdade, eu sinto o cheiro de tudo — ele falou rindo.
— Tudo?
— Sim, de praticamente tudo. — Agachou e amarrou os tênis. — Eu consigo saber até mesmo quando uma pessoa está mentindo.

Emma olhou para os próprios sapatos tentando se lembrar quando havia escovado os dentes. Discretamente levou a mão à frente, e quando ele não estava olhando para ela, cheirou o próprio hálito.

— Mentindo? — perguntou ela voltando rapidamente a mão para baixo.

— As pessoas liberam um cheiro diferente quando estão mentindo — explicou, amarrando os cabelos longos e castanhos.

— E você tem sentido muito cheiro de mentira por aqui? — arriscou Emma.

— O cheiro da mentira ainda não senti, mas o do medo...

Ela olhou para ele chocada com a revelação. Nesse instante, Petra e Diana chegaram com Rufus. Roy também estava com elas. Outros grupos foram montados para seguirem na busca, mas sempre acompanhados de algum monitor.

Emma ergueu a mão para que Ruponi voasse e checasse os arredores. Rufus também se afastou por um momento, se dirigindo para as árvores e os arbustos mais fechados. A loba Ragni não quis em nenhum momento sair do lado dele.

— Acho que devemos começar a procurar além do casarão — sugeriu Petra. — Algo me diz que desta vez o velhinho quis sair da propriedade.

— Podemos fazer isso depois de termos certeza de que os quatro cantos deste lugar foram vasculhados — disse Roy. — Emma, consegue ver alguma coisa estranha?

— Daqui eu não consigo ver nada a não ser a copa das árvores.

— Você podia subir naquele monte outra vez — sugeriu Petra. — Vai conseguir ver tudo de lá de cima. A não ser que queira subir num destes pinheiros cheios de neve.

Nesse instante, Emma se virou, inconformada com a ideia perigosa da amiga. Então, viu Ruponi voar em círculos por sobre eles.

— Você só pode estar de brincadeira... É mais seguro subir aquela elevação de rochas — apontou ela.

O carcaju de repente rosnou alto e saiu correndo na frente.

— Rufus? O que deu em você? — Petra correu atrás dele. — O que está havendo?

Alek também foi atrás, se aproximando do *ealli*, mas ele ficou arisco, correndo para longe do grupo. Petra disparou atrás dele embrenhando-se pelo bosque do casarão, desaparecendo na névoa.

A loba avançou como se farejasse algo estranho. Alek correu atrás de seu *ealli* procurando em suas pegadas o caminho sinuoso que fez por entre as árvores. Ragni rosnou baixo quando parou diante de um amontoado de neve que passou a cavar.

— Deixe disso! Agora não é hora para isso — Alek reclamou ao ver que Ragni cavava o que parecia ser uma toca de lebre.

Em seguida, a loba apareceu com um sapato na boca.

— Ei, onde conseguiu isso?

— Sua loba deve ter encontrado alguma pista de Eriador — falou Roy.

— Ou uma pista do assassino de Torsten — concluiu Emma.

Olhando para o sapato como quem não sabe o que fazer, Alek segurou o objeto e continuaram a caminhada atrás de Rufus.

Nesse momento, Petra voltou com o carcaju em seus braços, parecendo desesperado e enfurecido.

— Alguma coisa o assustou muito — ela falou vendo o bicho se debater, querendo ir para o chão. Temendo que saísse daquela forma outra vez, decidiu colocar nele a guia. — Agora você não sai de perto de mim.

O grupo seguiu até o monte de rochas que daria a Emma um melhor ponto de visão.

— Sugiro que três de nós fiquem aqui embaixo para o caso de alguma emergência. Afinal, subir este monte de pedra e neve é um pouco perigoso — observou Alek.

— Concordo — disse Roy. — Posso ir com Emma.

— Eu poderia ir com ela — falou Alek com naturalidade. — Levo Ragni e ela pode farejar melhor em elevações.

A garota sentiu como se tivesse engolido uma bola de neve.

— Está tudo bem, vocês todos podem ficar aqui embaixo. É perigoso, mas eu consigo ir sozinha.

— Nem pensar — reprimiu Alek. — Você não vai sozinha. O vento está forte, é perigoso.

Emma não contrariou a decisão de Alek. Ainda assim, conseguiu perceber um olhar engraçado da parte de Petra, por mais que tenha tentado se esquivar dos olhos dela.

Os dois seguiram colina acima. Emma foi logo à frente procurando melhores lugares onde pisar. Ragni correu adiante sem qualquer dificuldade. Emma olhou para o céu tentando localizar Ruponi, que havia desaparecido na névoa.

Um vento traiçoeiro, por um segundo, empurrou os cabelos de Emma para trás. Foi capaz de sentir seu corpo menear com o ar agitado. Ela segurou com as mãos firmes em uma fenda de rocha quando pensou que seu corpo iria vacilar se não tivesse cuidado. Levou um susto ao notar uma mão de Alek às suas costas e a outra segurando a sua mão apoiada. Emma olhou para ele e sentiu um fio gelado descer pela espinha. Ela sentiu seu corpo estremecer num ímpeto de quem havia sido atingido por um golpe gelado desavisado. Alek sorriu para ela achando que seu estremecimento havia sido apenas por causa do frio.

— Aqui está mais frio do que eu esperava — comentou ele. — Venha, eu te ajudo a subir. Chegaremos mais rápido juntos.

Emma pegou na mão dele e seguiram. Ela estava de mãos dadas com um garoto superbonito e mais velho que ela. Nem suas colegas na escola iriam acreditar.

— Você já consegue ver algo daqui de cima?

Emma forçou seus olhos pela paisagem.

— Preciso subir mais. — Mas, ao dizer isso, parou de repente.

— Está tudo bem?

— Pensei ter visto alguém mais acima... mas acho que foi só impressão minha.

No mesmo instante, a loba rosnou e correu para aquela direção em que olhavam. Alek desviou o olhar de Emma e a puxou, correndo atrás de Ragni.

Dispararam ansiosos montanha acima, de onde a nevasca vinha forte com vento cobrindo os fios de seus cabelos com uma penugem branca. Quanto mais avançavam para o topo, mais difícil era caminhar.

"Talvez o que vi não tenha sido impressão", pensou ela.

A loba voltou com um pedaço de pano na boca que mais parecia um retalho de calça de inverno. Então, Emma notou um estranho na névoa, correndo colina abaixo, desviando daquele caminho por entre os galhos de bétulas.

— Você não viu, viu? — disse apontando para a frente.

— O quê? O que era para eu ver? — perguntou Alek, olhando na direção que ela apontava. — Eu senti um cheiro de alguém que não toma banho.

Emma levou um susto, mas lembrou de que havia tomado banho pela manhã. Ela estremeceu outra vez quando notou que Ruponi reapareceu no céu, sobrevoando um local em círculos e guinchando.

— Venha! — Emma falou, chamando Alek e o desafiando a descer a colina rapidamente. Mesmo de mãos dadas com ela, ele era rápido, com habilidade para saltar de uma rocha para outra e escorregar pela neve macia e manter-se em pé. Quando Emma deslizava ou quase perdia o equilíbrio, Alek a segurava com firmeza.

A loba voltou correndo, e uma mancha vermelha estava sob seu pelo.

— Ragni! — Alek passou a mão enluvada pela nuca ferida, muito preocupado. — Ela levou uma mordida.

— O homem sumiu — falou Emma ofegante. — Deve ter um animal com ele.

E ao dizer isso, voltou a atenção ao falcão e olhou o horizonte.

— Espere, eu... eu... achei Eriador... — disse com a voz trêmula.

A aproximação fez com que Ruponi eriçasse suas penas, emitindo um chiado no ar.

Capítulo 14

Emma olhou diretamente para o corpo tombado, em uma posição como se tentasse se manter ajoelhado e a cabeça estava submersa na neve.

Horrorizada, ela cobriu o rosto, e quando se deu conta, estava abraçada a Alek.

Foi mais um dia de tensão, com um clima bastante pesado para um fim de ano. Maja e Fridtjof dessa vez falaram com as autoridades, e a ausência de Bávva incomodou a todos mais uma vez. Todos estavam nervosos e assustados. Cogitaram retornar para suas casas o quanto antes, mas a polícia os impediu de tomar qualquer atitude, uma vez que os hóspedes seriam investigados um a um. Os grupos de busca foram interrogados.

Emma explicou que haviam se dividido no momento da busca e logo viu um estranho se esconder no bosque. Contou sobre o ferimento de Ragni, que mais lembrava uma mordida, como se tivesse sido atacada por outro animal.

— Vocês ficam brincando com animais e depois sofrem as consequências — falou o policial irritado. O comentário fez Emma apertar os dentes.

— Ninguém aqui está brincando com animais, senhor — replicou Emma e, em seguida, encolheu-se na cadeira imaginando se devia ter dito isso. — Nossa vida depende deles.

— Ninguém pode viver para sempre, não é mesmo? — ele simplesmente acrescentou, e isso só a deixou ainda mais nervosa. — Um dia todos ficarão doentes e vão morrer.

— Devíamos ir ao hospital dizer isso aos doentes? — Ela não conseguiu se calar. — Dizer que voltem para casa e que morram?

O policial se encostou na cadeira, suspirou e, em seguida, a dispensou.

A aparência incrédula dos policiais deixou Emma e Alek um tanto irritados.

— Acho que devíamos continuar procurando pelo homem que sumiu na névoa — sussurrou Emma para Alek. — Eles não estão muito dispostos a ir procurar por ele.

— Talvez este sapato seja dele. — Alek mostrou aos policiais o objeto encontrado pela loba durante a busca. — Eriador está calçado. Este pode ser do outro homem que vimos... E ainda tem esse retalho que Ragni trouxe e que parece um pedaço de calça de inverno — mostrou ele.

— Qualquer um que tenha causado um assassinato destes já estaria um tanto longe daqui. Porém, isso está mais me parecendo um suicídio — falou o policial com a barba malfeita e coçando a barriga por debaixo da blusa. — A propósito, a perícia feita no garoto Torsten mostrou que um urso de porte médio foi o possível agressor. Portanto, não estamos tratando desse caso como homicídio, e sim como uma fatalidade.

— O quê? E se alguém planejou colocar aquele urso diante do Torsten com a intenção de provocar sua morte? — disse Emma, sabendo que debochariam dela logo em seguida. Os policiais se viraram entre si e riram.

— A senhorita está falando de um animal que habita a Noruega. Tudo bem que não sabemos de um urso em Tromsø há mais de uma centena de anos. Mas os ursos podem vir pelas ilhas, e qualquer um está sujeito a esse tipo de incidente se estiver em seu *habitat*, o que significa que não passa de um infortúnio da vítima que cruzou o seu caminho.

— O.k., então como vocês explicam um urso ter convencido Eriador a enfiar a cabeça na neve? — questionou Alek indignado.

— Esse homem era velho e deve ter tido um surto mental ou coisa semelhante. Vocês, que usam esses animais, são pessoas com histórico de saúde debilitada.

Maja e Fridtjof se entreolharam irritados.

— Posso lhe garantir que Eriador estava completamente são — falou Maja. — Sou a médica dele.

— Essa tal cirurgia que vocês fazem, ou pacto, mexe muito com a cabeça das pessoas. Estou chegando a crer que, enquanto estas pessoas estiverem aqui entre animais selvagens e deixarem que eles cuidem de sua saúde física e mental, não estarão seguros — o outro policial afirmou. Fridtjof deixou escapar uma risada sarcástica.

— Pelo visto vocês já terminaram — disse, exaurido daquela conversa, virando as costas e indo embora.

— Não o leve a sério — falou Maja às autoridades. — Fridtjof tem estado muito preocupado com tudo o que vem acontecendo nos últimos tempos. Ele se sente responsável por cada um aqui, apesar de seu jeito explosivo.

Quando o corpo de Eriador foi recolhido para apuração do caso, Emma viu uma oportunidade de ir até o outro lado do casarão falar a sós com Maja em sua sala.

— Eu sei o que vi — insistiu Emma. — A loba de Alek, o carcaju de Petra, Ruponi... os animais também ficaram nervosos...

— Não duvido nem um pouco da história que você e Alek contaram. Já liguei ao doutor Bávva e o avisei de que a polícia levou Eriador para apuração do caso, e que ela parece mesmo não estar do nosso lado.

— Não vi o doutor voltar ontem à noite — Emma arriscou dizer. — O que está acontecendo?

Maja olhou para um quadro na parede, e do quadro para a escrivaninha.

— Bávva voltou para cá no início da madrugada — sussurrou. — Mas saiu outra vez, logo cedo. Parece ter descoberto algo, mas ainda não quis falar a respeito. Bom, é melhor você ir e se manter sempre perto de um grupo de pessoas. Sei que muitos querem voltar para casa, apesar de a polícia ter proibido vocês de voltarem por esses dias até que avaliem o caso de Eriador. Tenho um pressentimento de que aqui não é tão seguro quanto se pensava. Não se arrisque por aí sozinha.

— Não vou. Obrigada, Maja.

Quando Emma foi se aproximando do salão de estar, escutou a voz de Kendra dizer alto:

— Como uma menina tão comum como ela poderia ter visto o Eriador tão longe?

— Acho que ela sabia onde ele estava, ou alguém contou para ela. Acho que o tal lobo encontrou e ela disse que foi ela. — Era a voz de Lean, se dirigindo a outras pessoas que os escutavam.

— Ela e o *ealli* dela têm uma forte ligação — contestou a voz de Anne, que tentava defender Emma.

— Esse negócio de ligação não existe, sua tonta — Kendra avançou em Anne, aproximando seu rosto do dela. — Nós somos o que somos e acabou.

— E você é realmente muito arrogante — falou Petra, entrando no meio. — Nem mesmo as cobras são tão intragáveis como você é. Tenho dó do seu *ealli* — completou, sentindo o sangue vir ao rosto.

Kendra saltou sobre Petra, agarrando-a pelos cabelos rosa. Petra ignorou a dor do puxão e girou o braço para alcançar o pescoço de Kendra. Emma se aproximou pronta para defender a amiga, mas Lean segurou as mãos dela, impedindo-a de apartar aquela briga.

— Parem com isso! — gritava Emma, vendo as pessoas olhando sem fazer nada. — Me solte, seu verme da neve!

— Sua amiga merece — falou Lean, rindo do desespero de Emma.

Quando William e Oliver se aproximaram para tentar apartar a briga, antes que ficasse pior, Emma viu Petra acertar uma pancada no estômago de Kendra, que se curvou imediatamente e caiu sentada no chão.

Petra fez menção de que iria saltar sobre Kendra, mas Oliver já tinha fechado sua mão ao redor de seu braço. Então a garota se soltou e olhou mais uma vez Kendra e Lean com raiva, virando as costas e subindo as escadarias para o dormitório.

Quando Maja chegou para ver o que estava acontecendo, tudo já havia acabado. Kendra já estava com Lean tomando um ar lá fora, e

Emma já tinha ido atrás de Petra, mas ela havia se trancado no banheiro. Então, voltou para o salão de estar e encontrou Alek com Takashi, Calila, Anne, Frida, Inigo e Diana sentados nos pufes conversando.

— Como ela está? — perguntou Anne preocupada.

— Está no banheiro trancada — explicou Emma. — Acho que ela precisa de um tempo. — A seguir se sentou. — Vocês têm alguma novidade sobre o peixe de Eriador?

— Ele costumava deixar o pequeno aquário sobre a escrivaninha do dormitório — contou Alek. — Mas ainda não sabemos que fim teve esse aquário.

— Bem, sabemos que o peixe está morto — concluiu Diana com a cabeça baixa.

— E por que afundou a cabeça na neve? — Emma questionou, apontando para o frio lá de fora. — Parecia ter enfiado a cabeça lá, como se tentasse mergulhar igual a um peixe...

— Não pode ser. O elo é algo seguro. Nunca ouvi falar que um homem passou a comer grilos só porque seu elo era um lagarto. Muito menos gente mergulhando em neve porque seu elo é um peixe — completou Takashi.

— Você diz isso porque não o viu — defendeu Alek. — Ele realmente parecia ter tentado mergulhar.

— E por que Eriador levantaria em plena madrugada? Será que ele era sonâmbulo? — Takashi levantou a hipótese, e todos deram de ombros sem saber a resposta. Mas, para Emma, aquilo era o mais difícil de explicar.

***

— Ele se parecia com alguém que você já viu por aqui? — perguntou Calila ao lado das outras garotas, debruçada sobre a cama de Emma. — O estranho que você viu fugir.

— Não. Acho que nunca o vi na vida.

— Deve ser algum curioso — conjecturou Frida.

— Um curioso que espanta uma loba com uma mordida? — retrucou Diana.

Uma batida à porta fez as garotas estremecerem como se estivessem contando uma história de terror. Anne se levantou e a abriu. Em seguida olhou para Emma, deixando a porta deslizar para que visse que, quem estava ali, estava por ela. Sentiu um frio na barriga ao ver Alek acenar.

A garota se levantou desconcertada, ajeitando os cabelos castanhos entre os sussurros e risinhos das colegas de quarto. Então olhou para Petra, que nessa noite estava meio caladona, e deu um meio sorriso.

Alek fez sinal para que Emma saísse do quarto e encostasse a porta. Ela sentiu um calor subindo à face. Jamais um garoto tão bonito quis falar com ela em particular. Logo se sentiu boba por saber que o assunto entre eles era sobre todos aqueles estranhos acontecimentos.

— Descobriu algo?

— Emma — então a chamou para mais longe da porta do quarto —, apesar de não querer colocá-la em risco, não podia deixar de falar com você. Eu tenho um plano para tentarmos descobrir o que está lá fora. Ir sozinho seria para mim o mesmo que ignorá-la, e eu não posso fazer isso. Somos nós dois nessa, pois nós vimos que há alguém envolvido com a morte de Eriador. Não consigo ignorar e fingir que nada aconteceu.

— Você pretende voltar lá? — Emma falou assombrada.

Alek consentiu com a cabeça, deixando apenas um olhar misterioso.

— Uau... Quando? — Emma sentiu um frio na barriga.

— Hoje à noite. De madrugada. Deixei tudo preparado para nada dar errado pelo menos até botarmos os pés fora do casarão. Não quero que nenhum monitor saiba.

— Nem mesmo Roy, certo? — Emma olhou para os lados e balançou a cabeça, concordando.

— Nem mesmo ele. Fique com tudo pronto. Agasalhe-se bem e não se esqueça da adaga *sámi* e do *duodji*.

Ao ouvir aquilo, Emma sentiu um golpe de emoção. Seria a primeira vez que enfrentaria propositalmente algo do qual tinha medo.

— Estarei pronta. Aguardo você me chamar — disse simplesmente, percebendo que teriam uma chance de encontrar a origem dos assassinatos. — Quando for a hora, me contate por mensagem — completou, passando o número de seu telefone para ele.

— Mandarei uma mensagem em seu celular. Fique de olho.

— Vou ficar.

Alek se despediu com uma piscadela e saiu.

Quando voltou para o quarto, as garotas olharam para Emma com grande expectativa.

— Nossa, ele é um gato — disse Calila, sorrindo.

— Conte o que ele queria — Frida apressou-se a dizer. — Se não contar nada, vai acabar com a gente.

— Ele só queria... Queria... meu número de celular...

As garotas deram risinhos empolgados. Enquanto voltavam às suas camas e foram ao banheiro feminino para escovar os dentes, não se falava em outra coisa a não ser nos últimos acontecimentos e no Natal mais fúnebre que passariam.

Emma estava deitada e pensava no que aconteceria na madrugada. Repetiam-se aqueles estranhos olhares que viu encarando-a através da névoa, além dos olhares de Alek para ela. Será que ele sabia que ela estava interessada nele? Era bom conhecer um garoto mais velho que a tratasse bem. Aquilo a fez se sentir leve, e não parou de pensar nisso até apagarem as luzes dos corredores e de seu quarto... Não parou de pensar até ouvir os primeiros suspiros das amigas dormindo... e a luz de mensagem de seu celular se acender.

Alek: *Encontre-me na biblioteca. Não use lanterna.*

Capítulo 15

Levantou-se da cama com cuidado e caminhou lentamente na ponta dos pés até a porta. Antes de adormecerem, nenhuma das garotas havia percebido que ela estava usando as roupas de sair por baixo de seu pijama. Quando pegou sua mochila e estava prestes a encostar a porta e sair de uma vez, sentiu certa resistência. Uma cara branca surgiu olhando para ela. Levou um susto ao ver que Petra olhava preocupada.

— Imaginei que faria isso. Aonde quer que vá, tome muito, muito cuidado, ouviu?

Emma arregalou os olhos consentindo, silenciosamente.

— Mais alguém sabe?

— Acho que não. Por precaução, fico feliz que agora você já sabe — sussurrou para Petra.

— Não posso deixar que vá sozinha. É superperigoso.

— Não estarei sozinha. Vou com o Alek. Preciso que você fique para o caso de tudo dar errado.

Petra tentou entender o significado do "tudo dar errado".

— Se algo acontecer e eu não estiver aqui até amanhã de manhã, quero que leve adiante o que vi nesta tarde. Nós vamos tentar seguir o rastro do homem que vi. Se eu não fizer isso agora, às escondidas, não deixarão que faça depois.

— O.k. — respondeu a contragosto. — Boa sorte e volte logo.

Emma seguiu pelo corredor escuro com sua mochila, caminhando silenciosamente, percebendo que as luzes coloridas que piscavam da árvore de Natal iluminavam os degraus da escadaria e o saguão de entrada.

Desceu sobre o carpete macio os inúmeros degraus e foi iluminada por um *show* de cores que piscavam sobre ela. Um arrepio percorreu seu corpo ao ver sua sombra piscar com as luzes na parede. Avançou rapidamente, desviando de mesas e poltronas até encontrar a porta dupla que dava acesso à antessala da biblioteca. Aquela porta estava entreaberta.

Emma passou com cuidado pela antessala escura, onde uma porção de poltronas e estofados confortáveis estavam espalhados. Seguiu adiante e entrou na biblioteca. Olhou ao redor por algum tempo, respirando forte. Estava encorajando-se a fazer o que estava decidida. Uma vez lá dentro, não havia mais como desistir. Então uma mão a puxou para uma sombra e ela deixou escapar um grito fraco. Quando se deu conta, estava diante de Inigo, pálido e ofegante.

— Caramba, você veio mesmo.

— Ela já está aí? — Alek perguntou, sendo revelado em meio a escuridão.

— Oi, Alek — falou Emma sentindo aquele borbulhar gelado no estômago. Julgou-se boba por ter imaginado que iria sozinha com Alek nessa aventura.

— Emma — encheu a voz, animado. — Por um momento pensei que você tinha desistido.

— As janelas aqui são altas. Mas nada que uma cadeira não resolva o problema — interveio o garoto de óculos, sorrindo e apontando para o fundo da biblioteca. — O mais difícil será carregar uma dessas cadeiras de madeira maciça até lá.

— Sem problemas — falou Alek levantando uma delas sem qualquer dificuldade e levando-a para baixo de uma janela. — Preparada?

— Sim — respondeu Emma num suspiro.

Inigo subiu e abriu a janela. Emma por um momento sentiu certo alívio por ver que mais alguém iria com eles e não ficaria sozinha com Alek. Mas, por outro lado, uma parte dela queria esganar o Inigo.

Alek desceu pela janela com facilidade, pousando os pés no chão cheio de neve. Em seguida, fez sinal para que a garota fosse com ele. Emma foi logo atrás, e Alek a ajudou segurando-a, amortecendo sua descida. Ela o seguiu, caminhando depressa.

— Ele não vem? — Emma olhou por cima do ombro e viu a janela se fechando.

— Não. Pedi a Inigo que ajudasse na hora de fechar a janela.

"Somos só nós dois", pensou mais uma vez, entendendo que agora a aventura se iniciava, e não havia mais volta.

— Você pelo menos está vendo para onde estamos indo? — perguntou, preocupada com a escuridão e a nevasca que caía. — Meus olhos não funcionam tão bem à noite.

— Seu *ealli* é um animal diurno. Meus sentidos funcionam melhor à noite. É estranho falar sobre isso, mas até mesmo meu nariz entende melhor o ambiente em que estou à noite.

— Uau! Interessante!

— Mas tem suas desvantagens, já que de madrugada os caras lá no dormitório não seguram suas flatulências.

Emma deixou escapar um riso e tampou a boca. Ela não esperava aquele senso de humor nele.

— Então vou ter que confiar em você nesta noite.

— Combinado — disse ele dando um sorriso. — Fique perto... — e ofereceu a mão para ela segurar. Ela corou imediatamente, entregando a mão direita a ele.

As árvores balançavam energicamente com o vento, e a neve caía como pequenas bolinhas de homeopatia, pequenas e duras, castigando os rostos. Mesmo fazendo uso dos sapatos de neve e do casaco, o frio parecia querer entrar em seus ossos.

— Já consegue ver a colina? — ela perguntou para ele.

— Consigo. O problema é que o vento não está a nosso favor. Desse jeito, não consigo farejar o que nos espera lá na frente. Reze para que nada nos aguarde por lá.

Emma foi surpreendida por aquelas palavras que saíram como que da boca de um especialista.

— Faz tempo que você descobriu essa habilidade?

— Vivi quase a vida toda em um sítio, Emma. Acho que quem cresce em meio à natureza, em áreas rurais, tem mais facilidade em perceber seus sentidos.

"Ele fala como se fosse um animal", pensou Emma.

— Não é de se estranhar que eu sentia o cheiro de animais mortos à noite e encontrava carcaças... Não se preocupe, eu não as comia.

Emma riu. Fazia tempo que não conseguia ter motivo para rir naquele fim de mundo gélido.

— Garotos e garotas que crescem em ambientes confinados como em apartamentos e casas pequenas, em geral, não conseguem perceber a amplitude de suas habilidades.

— Vivi sempre no meio da cidade com prédios me encobrindo a visão. Talvez por isso nunca tivesse atentado para minha habilidade falconídea — falou em tom de zombaria, como se quisesse parecer entendida do assunto.

— Vou uivar em breve — Alek riu. Emma olhou para ele como quem pedia para não fazer isso. — Viu? Viemos rápido.

Estavam no sopé da colina. Emma pareceu mais apressada do que Alek, mais por ansiedade do que outra coisa. O garoto segurou firme a mão de Emma e, ofegante, subiram com cautela.

— Consegue ver alguma coisa? — perguntou, bastante ansiosa.

— Espere um pouco. Mal começamos a subir.

E lá em cima Alek deu uma boa olhada ao redor, aguçando seus sentidos. Emma viu que ele fechava os olhos e levava o nariz para cima, ficando assim por longos segundos, como se tentasse captar melhor os cheiros. Achou que isso podia ser uma encenação para poder impressioná-la, mas logo em seguida viu que estava enganada.

— Tem alguma coisa que vem dali — disse simplesmente, apontando para um lado escuro de floresta. — É um cheiro diferente da mansão e do que estou acostumado a sentir por aqui...

— Pode ser um animal selvagem?

— Não sei. Percebo um som que não parece o caminhar sobre quatro patas.

— Uma ripa? — tentou ela otimista, se referindo a um tipo de ave do Ártico que lembrava uma perdiz.

Alek fez sinal para que ela fizesse silêncio. Em seguida, a puxou para mais perto, apontando para algo em meio à névoa densa. Ela forçou os olhos, mas nada conseguiu ver, e um arrepio a tomou quando imaginou que alguma coisa poderia estar olhando para eles.

Alek levou os lábios para perto do ouvido de Emma, e ela escutou o sussurro acompanhado de um sopro quente.

— Tem alguma coisa brilhando ali. Talvez alguma casa esteja com a luz acesa.

Emma imediatamente se perguntou se valeria a pena ir tão longe, só que ele já a puxou, revelando sua decisão.

— Tem alguém andando a uns cem metros daqui. Mas ele não é o único — avisou. Emma sentiu o pânico correr em suas veias. Não podia ver tão bem no escuro e no nevoeiro.

— Posso sentir o cheiro de seu medo. Eu também estou com um pouco, mas é nossa chance de descobrir o que estão escondendo de nós.

Emma imediatamente concordou, apesar de um lado seu querer sair correndo e ignorar tudo aquilo. Mas não havia como virar as costas para o que estava acontecendo.

— Quantos? Uns três?

— Dez ou mais cheiros diferentes.

— Você acha que consegue passar por todos eles? — disse, se sentindo cada vez mais dominada pelo medo.

— Vou tentar — respondeu, segurando a mão de Emma com força. — Agora, não diga uma palavra. Venha.

Desceram a colina pelo outro lado, com mais cuidado dessa vez. Alek estava com os olhos sempre focados à frente e não somente para baixo da colina. Desviou de um grande buraco com ranhuras profundas onde poderiam atolar os pés ou até mesmo as pernas.

Emma percebeu que vez ou outra o garoto parava e aguardava, se preparando para avançar em passos mais rápidos. Em um dado momento, viu uma mulher parada, olhando para o outro lado da floresta. Ficou arrepiada e se perguntou o que uma mulher estaria esperando do outro lado da floresta àquela hora. Foi quando a viu se virar um pouco e, com olhos cavos, desaparecer na névoa. Emma apertou a mão de Alek.

— Está indo muito bem, continue assim — disse ele, incentivando-a a continuar.

Seguiram por mais algum tempo em plena escuridão, e Emma tinha os olhos totalmente à deriva. Lembrou de seu falcão agitado quando era carregado numa gaiola encoberta. Era assim que ela se sentia.

Quando a névoa passou, e a luz noturna pôde entrar, Emma conseguiu ver um vulto agachando-se na neve, parecendo revolvê-la com as mãos, como se a estivesse cavando. Aquele comportamento a deixou tensa. Havia algo de muito errado ali.

Notou um homem encurvado sobre si mesmo, murmurando coisas estranhas que foi incapaz de entender. Aquilo a encheu de calafrios, lembrando-se de filmes de terror em que pessoas são tomadas por demônios. Ficou ainda mais chocada quando viu o homem caminhar para perto deles, o que fez Alek parar imediatamente e olhar nos olhos dela, fazendo sinal para que ficasse em silêncio.

O estranho homem, que perambulava a poucos metros deles, parou diante de uma árvore e raspou as unhas na casca. Em seguida, deu cabeçadas fortes no tronco, provocando um som horrível como de marradas de carneiros. Os olhos de Emma estavam encobertos de horror, enquanto Alek insistia que continuassem em silêncio. Quando o homem se afastou, seguiram por mais algum tempo adiante, onde era possível ver uma fraca luminosidade. Alek indicou o momento de andar e parar, desviar para um lado e avançar pelo outro, até alcançarem os muros de pedra de uma antiga construção que mais parecia um galpão abandonado.

Procuraram por janelas mais baixas em que pudessem espiar, mas os vitrais eram escuros demais, e a neve havia ocupado boa parte delas.

— Venha — sussurrou o garoto esgueirando-se pelas paredes, para perto da entrada.

Emma entrou logo depois dele, atravessando uma porta dupla de madeira pesada. Empurrou a porta, que arrastou um pouco pelo chão, emperrando na metade. Mas, mesmo assim, foi possível entrar e sentir um cheiro forte de amônia que vinha de algum lugar ali dentro.

O galpão estava iluminado por uma lâmpada pendurada. Um frio ainda maior percorreu a espinha da garota quando viu algumas gaiolas de animais abertas e vazias no canto, próximo à parede. Agarrou o braço de Alek com força e ele sentiu o corpo dela tremer. Outras portas selavam diferentes ambientes dentro do estranho galpão. Emma logo pensou que aquele lugar servia como uma máscara, para disfarçar o que realmente pudessem fazer ali dentro sem que ninguém desconfiasse de nada. Um lugar com poucos habitantes, no meio do nada. Mas por que bem ali?

Emma chacoalhou o braço de Alek quando escutaram miados roucos de gatos. Ela também teve certeza de que escutou algum fraco som semelhante ao de um carneiro ou cabra. Talvez estivesse na hora de ir embora. Mas Alek avançava cada vez mais, disposto a correr o risco. No entanto, Emma cravou os pés no chão. Naquele momento, uma das portas se abriu num rangido, e um homem com uma roupa bastante suja surgiu com uma gaiola vazia nas mãos.

Deram um salto para trás, escondendo-se na sombra de um pilar. O homem abandonou a gaiola junto com as outras, num estrondo. A porta por onde ele veio permitiu vazar o cacarejar de uma galinha assustada. Emma tremeu da cabeça aos pés vendo o homem voltar a seu trabalho.

— Já vimos demais — ela disse. — Vamos voltar.

Caminharam para a porta de entrada do galpão, encontrando a névoa novamente do lado de fora, e mergulharam na estranheza daquela escuridão que envolvia pessoas em comportamentos anormais.

Desviando dessas indesejáveis aparições humanas, sem nunca soltarem as mãos, regressaram pelo mesmo caminho. Passaram por uma jovem que chorava, e um sentimento de querer ajudá-la tomou conta deles. Mas logo desistiram quando viram que ela andava sobre as mãos fechadas, como um símio faria.

Emma retesou-se no paredão de rocha da colina antes que começassem a subir e respirou fundo. Sentia-se triste e apavorada. Olhou para Alek e balançou a cabeça como se não pudesse aceitar que aquilo fosse real. Ele também não tinha palavras para aquela hora, e somente se abraçaram.

Deviam ser quase quatro horas da madrugada quando se aproximavam do casarão. Logo chegariam a seus dormitórios, como previsto, antes do amanhecer.

— De manhã, falaremos com doutor Bávva, com Maja e Fridtjof. — disse Emma exaltada, quebrando o silêncio.

— Sim. Vamos evitar abrir a boca aos outros. Não queremos que nossa noite de perigo tenha sido em vão, certo?

Emma assentiu com um aceno positivo.

— Certamente, o que vimos tem a ver com a morte de Eriador e Torsten.

— De alguma forma, sei que tem — concordou Alek.

Já se preparavam para adentrar o terreno do casarão quando alguém se atirou sobre eles, sendo paralisados pelo pânico. Com uma mão, enlaçou o braço de Emma com ímpeto e com a outra agarrou o casaco de Alek. Era Fridtjof. E sua face estava suja de sangue.

Capítulo 16

— Estamos falando. — Alek insistiu, vendo Maja e Fridtjof olharem para eles, desaprovando o que tinham feito.

— Vocês podiam ter morrido — Maja falou chocada. — Vocês deviam ter nos contado o que pretendiam.

— Mas vocês não acreditariam — Emma defendeu. — Vocês até agora parecem não acreditar na gente.

— Estamos falando a verdade — insistiu Alek. — É só olhar para fora e vão ver que eles estão por aí...

Fridtjof olhou para Alek com certa ferocidade.

— Os *estranhos* estão em todo lugar — Emma explicou, e ao usar aquele termo, *estranho*, olharam para ela de forma curiosa.

— *Estranhos?* — falou Fridtjof.

— Eu antes pensava que eram policiais ou pessoas fazendo a vigilância daqui... — ela tentou explicar olhando para Maja. — Mas agora sei que não há ninguém fazendo nossa segurança, e são, sim, pessoas... *estranhas*...

— Sugiro irmos com eles até esse lugar — Maja por fim concluiu. — Emma está certa, Fridtjof, é só olhar para fora e veremos que alguma coisa está muito errada. Não é normal pessoas ficarem vagando por aí e se comportarem como animais enlouquecidos. Olha o que fizeram a você... — Maja se referia ao ferimento em seu rosto, provocado por um contratempo com um desses humanos que, de repente, se tornaram irracionalmente agressivos.

Fridtjof torceu o nariz reto e por fim cedeu.

— As condições terão que ser as seguintes: ninguém sai do casarão para ficar com seus *ealli* no celeiro. Sair é arriscado. Vou dizer aos monitores que mantenham as portas fechadas e garantam que essa ordem seja mantida. Enquanto isso, vamos procurar por esse tal galpão em ruínas.

— Certo — concordou Maja cruzando os braços. — Então sugiro irmos em meu carro até um ponto da estrada que facilite o acesso a esse lugar. O número de *estranhos* me parece grande. Acho que devíamos ir em dois grupos, para o caso de algo dar errado. Assim, Emma viria comigo, enquanto você iria em seu carro com Alek.

— Roy diz conhecer bem este lugar, pois morou em Kvaløya — Fridtjof acrescentou. — Eu vou chamá-lo para ir comigo, para que não nos percamos.

— Mais uma informação que eu tenho é que a polícia de Tromsø interditou a ponte para que os animais e as pessoas não passem. Parece que eles começaram a atravessar há um ou dois dias, e nessa madrugada, quando perceberam que algo estava estranho, resolveram bloquear a passagem pela ponte.

— Que loucura! — Fridtjof mostrou os dentes. — Não há nem como mandar essa gente embora daqui, pois a ponte é a única forma de sair, além da balsa...

— ... que provavelmente não tem a permissão de fazer a travessia neste momento — Maja completou, percebendo como aquilo era grave para a situação em que se encontravam.

Então foi tudo acertado. Maja, Fridtjof, Emma, Alek e Roy iriam até o ponto que Emma desenhou em um papel e onde estaria o galpão. Os monitores haviam sido incumbidos de manter o local fechado, e alguns deles ficaram no celeiro para proteger os animais, caso fosse preciso.

— Vamos, precisamos aproveitar que ainda há algumas horas de luz — disse Maja se referindo às poucas horas de luz solar que o Norte oferecia durante o inverno.

Petra se despedia de Alek, Emma e Roy, desejando boa sorte, quando viram um grupo de três *estranhos* farejá-los e correrem na direção deles como fazem os quadrúpedes. Petra disparou na frente deles, encorajada a dar tempo suficiente para seus amigos chegarem aos dois carros.

— Petra, você é doida! — gritou Emma vendo a amiga correr diante dos *estranhos*.

— Petra, volte aqui — falou Roy correndo atrás dela.

— Vão para o carro, eu consigo — gritou ela em resposta. — Vão para o carro!

Maja e Fridtjof não gostaram nada do que viram. Eles já estavam no carro havia algum tempo, mantendo os motores silenciosos de seus carros ligados para que o gelo do vidro derretesse.

Enquanto Petra fazia a loucura de provocar as três pessoas e se sair bem, Emma, Roy e Alek corriam na direção dos carros. Petra tinha o hábito de participar todos os anos das olimpíadas de sua escola, e correr era o que a destacava nas provas. Mas o que ela não contava era que, entre eles, apareceria um cachorro que babava enquanto rosnava, que chacoalhava a cabeça em espasmos musculares assustadores. Os olhos deles, fossem do cão, fossem dos *estranhos,* pareciam mirar o vazio enquanto se dirigiam a ela.

— Droga, eu não escolhi apostar corrida com um cachorro! — falou Petra, percebendo que não conseguiria voltar a tempo de não levar uma mordida do animal.

— Petra, por aqui! — gritou Roy, já quase entrando no carro.

Fridtjof acelerou na direção de Petra e, por uma fração de segundo, a porta se abriu de repente e Petra foi agarrada por Roy, que a puxou para dentro do veículo.

— Você quer morrer?! — disse Fridtjof nervoso, enquanto os pneus do carro espalhavam neve para os lados.

Maja já estava com Emma e Ruponi no carro quando Fridtjof cruzou sua frente, dirigindo com rapidez, impaciente, em direção à rua.

A tensão manteve Maja e Emma caladas por algum tempo, concentrando-se no caminho. A costa não estava longe, e puderam ver claramente algumas pessoas agachadas no canto da estrada, roendo um galho entre as mãos, algumas encobertas por gelo em suas vestes.

— O que é aquilo? — Maja parou o carro para observar, chocada, a cena de uma rena que andava em círculos ininterruptamente. — Céus, isso está atingindo o sistema nervoso deles. Não sei o que é pior:

imaginar que tenha uma origem no *Symbiosa* clandestino, ou imaginar que seja transmissível, como um vírus...

— Parece o fim do mundo — Emma simplesmente disse, agarrada ao Ruponi, que arrepiava suas penas.

Continuaram o trajeto, vendo o carro de Fridtjof adiante. Logo passaram por uma matilha de *huskies* que cruzou a frente dos carros com extrema rapidez. Então, Fridtjof acelerou um pouco mais, de modo que se afastasse dos animais. Maja fez o mesmo, mas logo um *estranho* surgiu a sua frente, apontando para o carro e fazendo gestos esquisitos com a cabeça. Emma gritou e viu que Maja não queria feri-lo, fazendo de tudo para desviar. Contudo, viu a matilha voltar e saltar por cima do carro, como se o *estranho* tivesse dado algum comando para que isso acontecesse.

Mesmo assim, Maja não parou. Estava apreensiva, mas conduziu de modo que o *estranho* saísse da sua frente; os cães, no entanto, continuaram sobre o capô do carro. E, dando uma pisada funda no acelerador, isso fez com que se desequilibrassem e caíssem para trás. Vendo que a passagem estava livre, avançou rapidamente ao alcance do outro carro.

— Você acha que elas estão bem? — Alek falou, sentado no banco de trás com a mão ao redor das orelhas de Ragni.

— Vão ter que ficar — Fridtjof respondeu, como se não houvesse escolha. — É só não quererem se matar. — E, ao dizer isso, olhou, Petra, que dividia o banco com Roy. A garota abaixou os olhos e sentiu a mão de Roy segurar a dela.

— Seguindo meu GPS, deve ser mais para a frente, um pouco distante dessa área de casas — explicou Alek, que observava as casas em volta sem qualquer sinal de luz. Provavelmente os moradores haviam se recolhido no escuro, de modo que não despertassem a atenção dos *estranhos*. Não era normal no inverno ver uma casa na Noruega sem as luzes acesas em seu interior.

Afastaram-se mais um pouco e chegaram próximo à área que Alek foi descrevendo.

— Deve ser por aqui — arriscou-se a dizer. — Teremos que parar o carro e seguir a pé em direção à montanha.

Fridtjof então encostou o carro e Maja parou o carro logo atrás. Olharam ao redor e viram a montanha à esquerda, atrás de um pequeno conjunto de casas. Do lado direito, podiam ver a costa de rochas, muito perto já do mar. A pista estreita pareceu vazia de *estranhos* e seus animais.

Então saíram do carro e começaram a adentrar no conjunto de casas. Esse, pelo que Emma também analisava, era o caminho mais rápido para o galpão. Subiram a colina, quando escutaram latidos. Emma se virou para olhar e não viu cachorros. Então continuaram com passos apressados. Já haviam passado as casas quando escutaram um emaranhado de vozes estranhas que ecoava pela costa. Emma e Alek se entreolharam e checaram mais uma vez o GPS. Desejaram que o galpão estivesse ao alcance deles, antes que aquelas vozes se aproximassem demais.

Capítulo 17

A imagem de um rosto pequeno na janela chamou a atenção de Emma e, no mesmo instante, Ruponi guinchou, e o rosto desapareceu. Então ouviram o grupo de pessoas se aproximar, exaltado. Perceberam que essas pessoas estavam com medo. Algumas tinham armas na mão e corriam de volta para suas casas.

— Ali! — apontou Roy. Então puderam ver que corriam de um grupo de *estranhos* que se movimentavam de um modo que alarmou a todos: eles vinham apoiando suas mãos no chão, correndo, e soltavam no ar rosnados, como um cão raivoso faria.

Emma levantou os olhos e sentiu uma pancada no peito quando a descarga de adrenalina lhe avisou que era hora de correr, pois não alcançariam a tempo o galpão. Mas, rapidamente, Maja apontou para uma casa.

— Aqui! — gritou, enquanto se dirigia para uma porta entreaberta por uma mulher. Tudo foi muito rápido. Era a mesma casa onde Emma viu um pequeno rosto lhe fitar. Foi de lá que o socorro veio, e a mulher escancarou a porta para acolher a todos antes que o grupo de *estranhos* encurvados chegasse até eles.

— Rápido! — Fridtjof e a mulher gritaram, enquanto todos saltaram para dentro de uma sala. Os *estranhos* estavam dando a volta pela casa, e um deles conseguiu agarrar Emma durante a corrida e morder seu ombro. Ruponi tentou levantar voo, mas estava preso pelo fio de couro, e se debateu sob o braço de Emma, que gritava apavorada. Outros deles já estavam ao alcance da garota quando Alek avançou contra o agressor. Mas o grupo de *estranhos* era habilidoso e alcançou rapidamente a casa. Emma foi puxada para dentro por Alek, quando viu Fridtjof avançar contra eles, ameaçando golpear com a lâmina quem se aproximasse.

— Fridtjof! — gritou Maja. — Não adianta! Fridtjof, volte!

Chamaram pelo mestre, mas Fridtjof teve de enfrentar sozinho os *estranhos*. Emma olhava para Alek, percebendo que aquilo havia sido um erro. Era um caminho sem volta. Foi questão de segundos para que o grupo de *estranhos* saltasse sobre Fridtjof e o agredisse. Emma avançou com um passo. Não podia ficar ali dentro da casa enquanto via um homem ser morto. Alek segurou seu braço e viu lágrimas nos olhos dela.

Gritos de pavor e raiva ecoaram quando Emma e Alek correram para fora da casa, enquanto todos assistiram ao massacre do pobre homem através de um vão de porta. Em segundos, Roy e Petra também estavam lá fora.

Emma girou o corpo e acertou a adaga nas pernas de um deles, que caiu rosnando com dor. Em seguida, segurou a respiração e avançou um golpe de esquerda em outro, mas sentiu a mão doer. Não tinha muito jeito para isso, ainda. Então foi agarrada por trás e sentiu unhas arranharem seu rosto. Alek golpeou o agressor com a adaga *sámi* e Emma foi largada no chão. Petra e Roy avançaram aos berros como se aquilo pudesse ajudar a assustar os monstros humanos. Foi quando o grito de Ruponi atravessou o ar e a loba de Alek surgiu como um relâmpago. Avançaram contra os *estranhos*, e Emma sentiu dentro dela que Ruponi devia atacar com suas garras e, nesse momento, o soltou e o viu avançar com as garras nas costas do *estranho* que agredia Fridtjof. Ragni atacou a perna, Petra saltou para distrair um deles, e no mesmo instante Rufus apareceu enfurecido, atacando um por um dos *estranhos* e colocando alguns para correr. Foi assim que Roy e Alek conseguiram espaço para agarrar Fridtjof e o carregar para dentro da casa.

A porta se fechou num estrondo. Todos estavam chocados com o que presenciaram. Ver Fridtjof naquele estado fez todos perceberem que sua vida estava por um fio. Ele foi colocado em uma sala onde a lareira estava acesa com brasa quente. Seu rosto estava inchado pelos edemas provocados pelo ataque. Emma sentiu um estremecimento horrível ao imaginar que estava diante de um homem quase sem vida.

Fridtjof era forte para sua idade e mais corajoso do que qualquer outra pessoa que conheceu.

Maja, com lágrimas nos olhos, testava suas funções vitais.

— Por favor, preciso de panos ou toalhas limpas — ela pediu à dona da casa, que estava chocada, olhando como se tivesse visto uma assombração. — Não vou deixar que ele fique assim.

O silêncio ocupou aquela casa, pois ninguém tinha coragem de dizer uma só palavra. Maja quebrou o silêncio, enquanto limpava o sangue de Fridtjof.

— Ele parece estar com um trauma na cabeça — informou, enquanto enxugava as lágrimas dos olhos. — Se não for imediatamente a um hospital, vai morrer! — Seus olhos expressavam desalento.

— A cidade foi alertada esta manhã para que ninguém saísse de suas casas — explicou a mulher. — Kvaløya não tem hospital, somente em Tromsø — falou como quem temesse que a história de Fridtjof terminasse ali. — Além do que, a ponte da cidade foi interditada pelas autoridades e não há como sair.

— O *šaldi!* — falou Emma sem mais nem menos. — Maja, faça com que ele receba o *Symbiosa*.

Maja olhou para ela, preocupada.

— Eu jamais fiz um *šaldi*. E mesmo que faça, há grandes chances de dar errado.

— Mas você não poderia pelo menos tentar? — Petra interveio.

— Eu teria que quebrar inúmeros protocolos — Maja falou sem esperança alguma. — Precisaríamos de um animal que aceitasse o *Symbiosa*.

Numa fração de segundo, Emma olhou para Maja e se lembrou o quão familiar ela era.

— Você estava com Bávva quando fizeram em mim o *šaldi*... — Estava tão claro agora para ela. Maja era a filha de Bávva.

— Mas eu precisaria de um animal.

Naquele momento, todos ficaram em silêncio. Talvez fosse tarde demais para Fridtjof.

Foi quando viram uma menina de cerca de seis anos se aproximar. Emma teve certeza de que era aquela criança que olhava para ela da janela da casa, antes de serem salvos pela mãe da pequena. Timidamente, ela se aproximou com um porquinho-da-índia em mãos. Então, ela estendeu para Maja.

— Você acha que o Skinp pode ajudar? Ele vai ficar feliz de ajudar o seu amigo — ela falou com os olhos esperançosos.

— Sarah, cuide de seu bichinho. Não quero que façam isso na minha casa — retrucou, espantada com a atitude da filha.

— Você tem certeza, Sarah? O Skinp pode não sobreviver... — A médica olhou para a garotinha com receio.

— Mas ele também pode viver — respondeu a garotinha. — Toma ele...

Maja pegou Skinp nos braços e voltou seus olhos para a dona da casa.

— Se ele morrer, Deus vai acolhê-lo — falou a mulher, com medo do que fariam.

— Senhora, Maja pode ajudá-lo — Alek falou. — Por favor, nos deixe tentar.

— Sarah, vá para seu quarto e leve o Skinp com você — disse à menina; e depois, voltanto-se ao grupo, completou: — Ela não sabe o que fala, é muito pequena ainda.

— Senhora, podemos salvar a vida deste homem. Por favor, deixe-nos tentar — insistiu Alek. — Maja é médica e ela pode ajudá-lo. Já pensou que a senhora pode ser julgada por omissão de socorro?

Ela olhou para Alek e franziu o cenho, não gostando nada daquilo, mas omissão de socorro parecia algo pior perante a justiça.

— Foi assim que vocês destruíram essa cidade! Eu já devia saber ao ver todos esses animais.

— Olhe bem para nós! — exclamou Emma. — A senhora realmente acha que somos parecidos com aqueles que atacaram a gente?

— Façam o que tiver que ser feito. Mas não esperem que fique aqui para ver. — Então, ela se retirou.

— Muito obrigada — falou Maja. — Muito obrigada, Sarah...

Maja ajoelhou-se ao lado de Fridtjof e colocou o porquinho-da-
-índia perto do nariz do moribundo. Ele o farejou por algum tempo,
até que foi colocado sobre seu peito. Passou a entoar um cântico sus-
surrado. Emma viu Maja com o *duodji* que ela também levava à sua
cintura. Um pequeno tambor como o dela. Então, removendo o fundo falso, ela conseguiu obter um pequeno sachê com um pó marrom
tão escuro que parecia negro.

— Nesse momento, peço um instante a sós com ele — Maja
disse. Os demais respeitaram seu pedido e foram todos para o outro
ambiente da casa, onde estava Sarah e a mãe.

— Como está seu ombro? — Petra e Alek prestaram atenção ao
rasgo que havia no casaco de Emma. — Com toda essa preocupação,
acabamos não dando atenção a seu braço.

— Que braço? — Emma falou e em seguida sorriu. — Obrigada,
mas eu vou ficar bem...

Emma não parou de pensar um só minuto em seu tambor, que
também devia ter aquele conteúdo escondido. Ela o pegou, o agitou e
percebeu que algo muito leve estava dentro dele. Descobriu um modo
de remover o fundo falso e ali encontrou o conteúdo secreto. Viu Alek
apanhar o pequeno pedaço de chifre de rena e, com cuidado, removeu
o metal que estava encaixado ao redor do chifre. Lá também havia um
pequeno sachê do conteúdo negro.

"Era só um disfarce", compreendeu Emma imediatamente.
"Bávva e Maja estavam nos entregando presentes *sámis* com um conteúdo secreto..." Então, olhou para sua cintura, onde havia deixado
presa a *guksi*, a caneca feita de bétula. "O segredo do *šaldi* devia ser
ingerido."

Foi quando ouviram os *joikes* serem cantados por Maja, acompanhados por uma batida contínua no tambor. Emma ficou arrepiada.
Olhou para Petra e teve certeza de que ela também só queria dar uma
espiada. A sala era iluminada apenas pela lareira, que parecia crepitar fortemente naquele momento, como se algo tocasse o fogo, antes só brasa,

e agora tão vivo. Emma então fechou os olhos e se deixou ser conduzida por aquela música. Ela se viu deslocando-se muito alto, cruzando desfiladeiros, e uma confiança imensa tomou conta dela quando se viu pousando e, de perto, uma ave de rapina que parecia tão maior do que ela. Ela encarava a ave com a mesma segurança. Ela sabia tudo sobre Emma e Emma sabia tudo sobre ela. Quando Maja parou de tocar o tambor e cantar, Emma abriu os olhos e encontrou Ruponi pousado em seu braço, quieto, olhando para ela.

Capítulo 18

— Ele vai conseguir sobreviver? — quis saber Roy olhando para Fridtjof deitado ao chão.

— Creio que ele tenha uma chance... — Maja respondeu com certo otimismo. Ele vai dormir até que se recupere do coma. De qualquer modo, eu insisto em levá-lo a um hospital. Nem que tenhamos que utilizar um barco ou balsa. Caso ele não acorde, terá que receber soro para se hidratar o mais rápido possível.

— Eu posso ir buscar o carro de Fridtjof e trazê-lo até aqui, colocá-lo no banco de trás e tentar pegar algum barco — disse Roy decidido. — Existe uma chance, e eu não quero perdê-la.

— Vocês podem usar meu carro — falou a mãe de Sarah. — Há um porto no centro de Kvaløya, lá vocês conseguirão, sem dúvida, um barco. Quando o perigo terminar, posso ir buscá-lo. Não é longe.

— Muito obrigada — Maja agradeceu sentindo um alívio sem tamanho. — Muito obrigada a vocês duas — falou, por fim, acariciando os cabelos de Sarah.

— E o galpão não está longe — completou Emma, e logo se lembraram de que também havia outra tarefa a ser cumprida.

— O galpão velho? — falou a mulher incrédula. — Está desativado desde que eu tinha cinco anos. Ninguém vai lá.

— Estava desativado até ontem descobrirmos que alguém anda criando animais lá dentro... — Emma completou. — Olhando pelo meu GPS, parece que o galpão deveria estar atrás desta colina.

— E vocês vão sair daqui com todos esses perigos lá fora? — a dona da casa falou temerosa.

— Se for o único modo, nós vamos — completou Maja olhando para Emma. — Vamos colocar um ponto-final nisso e descobrir quem está por trás de tudo.

— Posso ajudar o Roy com Fridtjof — Petra sugeriu, ansiosa para que tudo aquilo se resolvesse depressa.

— Sim, por favor, me avisem como estão indo — pediu Maja, com muita preocupação.

— Pode deixar — concordaram Roy e Petra. — Avisaremos.

Maja, Emma e Alek saíram pela porta dos fundos. Ruponi foi lançado ao ar, e Ragni saiu à frente, farejando com ansiedade o caminho. Não demorou para que alcançassem a trilha da colina e percebessem que, naquele momento, a sorte estava ao lado deles. Emma foi analisando o caminho antes que escurecesse. Pegou a trilha e a subiu com rapidez. Ela seguia o caminho de Ruponi, que tinha uma visão privilegiada. De alguma maneira, ele sabia o que Emma estava procurando.

Viram a imagem de um galpão construído em madeira, com a pintura descascada e com uma grande porta dupla decadente. As janelas altas tinham vidros sujos e o ar ao redor era fétido e pesado. Alek adiantou-se para checar a porta, que dessa vez estava lacrada.

— Claro que não ia ser tão fácil — disse impaciente. — Vamos ter de encontrar outro modo.

— Podemos olhar por aqui e ver se achamos alguma chave, — Maja procurava ao redor. — Talvez algum buraco na madeira. Vamos procurar.

Então, deram a volta em toda a construção, reparando onde poderia estar uma chave escondida. Mas nada encontraram senão um monte de neve amontoada.

— Aqui ninguém tira a neve ao redor do galpão para dar mesmo um ar de abandonado — Emma concluiu. — Podíamos usar isso a nosso favor.

— Boa ideia — disse Maja olhando para os montes de neve e então apontou para um que estava abaixo de uma das janelas. — Acho que este deve dar.

Maja se aproximou do monte de neve e caminhou por ele, afundando parte de seu corpo, vendo que, assim, seria praticamente impossível alcançar uma janela. Emma veio com galhos que cortou com auxílio da adaga e os colocou por cima da neve, aumentando a superfície de caminhada.

— Deixe-me tentar, sou mais leve. — A garota subiu no monte pisando no amontoado de galhos, alcançando a janela e subindo. — Acho que há alguém lá dentro — sussurrou, temendo que fosse ouvida.

Emma fez um sinal para que a esperassem, e assim explorou a janela, encontrando uma pequena fenda de passagem de ar. Apanhou a adaga e a usou com cautela, temendo fazer muito ruído. Não conseguia ver quem eram, mas podia ouvir uma discussão acalorada vir lá de dentro. Aproveitou de todos aqueles ruídos para abrir um pouco a janela, desejando que ela não a denunciasse.

"Consegui", falou para si mesma vendo a janela se abrir. Olhou para dentro e viu que somente uma luz vinda de um corredor lateral permitia que os detalhes do galpão fossem vistos por Emma. "Vou ter que saltar ao chão. Melhor esperar um pouco."

Quando escutou a discussão aumentar de volume e por um minuto se afastar, teve a certeza de que estava na hora de agir. Saltou para dentro, causando eco com o baque e correu até a porta dupla, encontrando uma chave virada na fechadura. "Pronto!"

Emma empurrou a porta dando de cara com Maja e Alek, que imediatamente entraram e se esconderam por trás dos bancos ao ouvirem as vozes de dois homens. A seguir, entraram Ragni, que se posicionou ao lado de Alek, e Ruponi, que entrou voando e pousou no alto de uma estátua.

— Há um corredor bem ali... — Emma apontou e então fez sinal de silêncio.

— Acho que já chega! — A voz exaltada de um homem de meia-idade fazia eco por todo o galpão. — Vamos botar fogo em tudo e ir embora antes que a coisa fique pior.

— Magnus, você realmente acha que há entre nós alguém que precise de ajuda? — A outra voz soava fluida, como se a pessoa falasse com toda a segurança do mundo.

— Eu não quero ser descoberto com as mãos nisso, Olav — retrucou o tal Magnus.

— Estamos fazendo tudo por um bem maior. Não importa se estamos correndo risco. As pessoas não vão nos notar. Tudo isso será relacionado às pessoas que realizaram o *Symbiosa*.

— E você esqueceu que as pegadas deles estavam bem aqui diante da nossa porta? O chão úmido de neve derretida... — lembrou Magnus. — Não contávamos com isso. Tivemos que agir rapidamente porque não pudemos alcançá-los.

— Eu sugeri tentar dar um jeito neles — Olav disse. — Eu já tinha tudo pronto. Mas achei mais seguro soltar os bichos e causar o caos, dando tempo de pensar numa saída.

— Para mim, a saída é queimar esse buraco — Magnus falou categórico.

— Escute este ex-cirurgião. O chefe não vai ficar feliz em destruir aquilo em que ele investiu com tanto cuidado.

Ao ouvir essas palavras, Emma ficou arrepiada. Um ex-cirurgião chamado Olav estava envolvido com todo aquele caos. E quem seria o tal Magnus?

— O que você tem feito é de grande valia para nós, Olav.

Naquele instante, Emma vê a luz de seu celular se acender e soltar um ruído no ar.

"Não!", pensou desesperada, percebendo que sua mãe estava ligando. "Não agora!"

Maja e Alek estremeceram. Demorou poucos segundos para ouvirem sons de passos rápidos de duas pessoas os cercando. Um deles, o mais jovem, que devia ser Olav, tinha um rifle apontado para eles.

— O que pensam que estão fazendo? — perguntou, mostrando os dentes. A seu lado, apareceu o homem mais velho, Magnus. — Agora eu peguei vocês.

Estava claro que não seria fácil conseguir fugir. Eles estavam definitivamente numa situação de enorme risco. Era o fim.

— Levantem as mãos e vão andando — Olav ordenou. — Vai ser bom ter vocês lá embaixo também.

— Essa daí é filha do Bávva — apontou Magnus. — Agora começo a pensar que o destino tem um plano para nossos ideais...

— Vocês são loucos — atacou Maja com raiva na voz. — O que pensam estar fazendo? Fizeram isso com essas pessoas?

— Elas escolheram passar por isso, sabendo dos riscos — falou Olav. — Sabe como é quando os pacientes estão desesperados e sua federação não consegue atender à demanda.

— Se aproveitaram do desespero das pessoas para fazer isso! — Emma falou sentindo muita raiva. — Vocês sabiam que não seriam curadas!

— Nossa intenção nunca foi curá-las — disse Olav fazendo sinal para que andassem. Ragni nesse instante rosnou, e Alek a segurou antes que ambos fossem abatidos com um só tiro.

— É bom que a segure firme, caso contrário, não vou poupar munição.

Seguiram pelo corredor que dava acesso a uma escadaria. Provavelmente o alçapão por onde adentraram havia sido construído na época da Segunda Guerra Mundial, como um refúgio.

— Quanto ao Torsten e Eriador...? — Maja perguntou. — A morte deles...

— Torsten foi o garoto que morreu por causa de um ataque de urso, suponho eu... — lembrou Olav, que tinha o rifle apontado para ela. — Eu vi nos jornais. Eles estão dizendo que o *Symbiosa* deixou um urso enlouquecido. Esse urso na verdade existe e ele ainda está por aí fazendo seu trabalho. Queríamos ter certeza de que o jornal publicaria uma morte como essa.

"São uns loucos", Emma pensou com raiva. "A federação tinha razão. Estão tentando acabar com a reputação do *Symbiosa*."

— Já o Eriador imagino que seja o velho. — riu o assassino. — Ele foi uma questão interessante. Conseguimos o aquário dele e deixamos o peixe fora d'água.

— Você vai pagar por isso, seu louco. — Agora era Alek que se manifestava, indignado demais para ficar quieto. Então o rifle foi apontado para ele.

— Dizem que loucos não sentem remorso do que fazem. — Olav engatilhou a arma e Alek apertou os dentes. — Tem razão, eu não sinto esse remorso.

"Fique quieto, por favor...", pensou Emma olhando para Alek, desesperada. Agora tudo fazia sentido. Por isso o pobre do Eriador morreu de um modo tão estranho, como se tivesse tentado mergulhar na neve. Um peixe precisa de água para respirar. Num ato reflexo de vida e morte, Eriador deve ter tentado buscar um modo de respirar.

— Eu vi esse caso também no jornal, e eles atribuíram a culpa ao *Symbiosa,* por enlouquecer as pessoas que compartilham a alma com animais — completou Magnus com satisfação na fala.

— E como conseguiram acesso ao peixe? — Maja indagou desesperada, enquanto lembrava de que Eriador deixava sempre o aquário dentro do dormitório.

— Temos um bom informante infiltrado — assumiu Magnus com ar de superioridade e orgulho.

— O quê? — Emma estava perplexa. Ficou imaginando se Kendra ou Lean, que estavam sempre contra os outros, tinham alguma participação nisso.

Entraram em um ambiente frio e que cheirava a antisséptico. A porta de trás foi trancada e seguiram adiante pelos corredores escuros a passos pesados, com Olav e Magnus no total controle de tudo.

— Leve a *sámi* para a ala norte — disse Magnus para o ex-cirurgião, que imediatamente apontou a arma para Maja.

— O que pensa que está fazendo? — Emma se sentiu encorajada a dizer, mesmo não tendo controle sobre nada. — Ela não irá a lugar algum sem nós.

— Você tem razão. Leve as duas, Olav. O resultado pode ser interessante.

— Deixe a menina fora disso — rugiu Maja, horrorizada.

Alek, vendo Olav se aproximar de Emma, avançou contra ele se agarrando ao rifle, mas em uma fração de segundos levou uma pancada na nuca. O solavanco foi tão forte que o derrubou ao chão. Ragni mostrou os dentes e mordeu a perna de Olav, que disparou o rifle tentando acertá-la, mas errou o tiro por pouco, fazendo a loba correr para longe. Magnus já tinha as mãos agarradas aos cabelos de Alek e o puxou para que se mantivesse em pé. À sua garganta, levou um objeto laminar.

— Alek! — gritou Emma, enquanto Ruponi gritava intensamente, fazendo os agressores se encolherem. — Bávva vai nos encontrar! — berrou Emma com raiva. — Você vai ver!

— Bávva? — Magnus riu. — Aquele *sámi* em breve estará morto.

Olav acertou a arma nas costas da garota para que começasse a andar ao lado de Maja. Alek respirava ofegante e nervoso. Seu rosto estava vermelho e os dentes à mostra.

Emma e Maja desceram uma longa escadaria, passando por alguns andares. Entraram em um grande salão circular com forte cheiro de éter. Lá, elas foram trancadas com Olav. Magnus, com a lâmina apontada para o pescoço de Alek, seguiu para outra ala.

— Para onde está me levando? — quis saber o jovem percebendo que dificilmente seriam encontrados. Então, desejou que Ragni conseguisse fugir, mas se lembrou de que haviam fechado a porta do galpão.

Emma e Maja, presas na estranha ala, viram que um recinto de vidro muito grosso e octagonal estava repousado no centro da ala norte, onde um painel piscava com uma luz verde a temperatura de 37 graus. Um exaustor levava o ar de dentro do compartimento para fora, de modo que nenhum ar contaminado por partículas entrasse. Estava claro para Maja que ali dentro havia algo em experimentação.

Quando Emma passou ao lado, compreendendo o que se passava, viu um enorme cão deitado, respirando calmamente. O cão abriu os olhos, e Emma notou uma enorme cicatriz em sua cabeça.

— O que fizeram com ele? — Maja arriscou perguntar.

— Tente adivinhar.

— O *šaldi*. Você faz a ponte entre homem e animal — Emma arriscou dizer.

— Muito bem, pirralha. E logo vocês vão me ajudar a entender por que o meu *šaldi* não funciona tão bem quanto o de Bávva.

— Seu pilantra! — falou Maja com revolta. — Doente!

— Vou lhe mostrar o doente! — O homem golpeou a mulher no queixo com a coronha da arma.

Nesse momento, quando ele já virava para acertar Emma, notando que ela reagia, viu uma adaga presa às costelas e rapidamente seu rosto foi encoberto pelas penas das asas de Ruponi. Ele gritou quando sentiu as garras da ave contra o rosto. Nesse instante, a arma disparou, atingindo o poderoso recinto de vidro onde o cão estava deitado, estilhaçando-o como uma grande jarra de cristal.

O animal experimental se levantou num susto, tremendo e parecendo assustado. Mostrou os dentes e rosnou alto, correndo para uma área escura.

Maja golpeou o rosto do homem antes que fizesse mais estragos e, em seguida, escutou um apito surdo em seus ouvidos pelo tamanho estrondo que aquela arma fez novamente. Ela acertou Olav mais uma vez, e ele caiu desmaiado. Maja pegou o rifle das mãos dele.

— Vamos, Emma! — disse, recuperando a adaga das costelas do médico e examinando seu ferimento que não havia sido tão profundo. — Não se preocupe, ele não vai morrer — consolou Emma, vendo que a garota estava em choque, enquanto Ruponi gritava, pousado em uma cadeira.

Emma a olhava com assombro. Ela nunca imaginou que teria coragem de fazer aquilo a alguém. Mas seu desespero entre a vida e a morte a guiou daquela maneira como se fosse um animal. Talvez fosse a influência de Ruponi em sua alma. Talvez fosse seu lado primitivo animal falando mais alto.

— Venha comigo, Emma — repetiu ela. — Acalme o Ruponi e pegue-o.

— Tá bem... — Emma concordou se recuperando e oferecendo a luva para o falcão saltar. Em seguida, pegou o celular e fez algumas fotos.

— O que está fazendo?

— Registrando esse local e enviando para Bávva. Estou compartilhando nossa localização também. A gente não pode deixar que destruam a imagem do *Symbiosa* com mentiras criadas por pessoas sem caráter... — Depois pegou cadernos de anotações sobre as mesas e colocou-os em sua mochila.

Então um rosnado fez Emma e Maja se encolherem no canto da sala. A garota, sentindo a adrenalina voltar, caminhou silenciosamente até onde Olav estava caído. Revistou seus bolsos e recolheu as chaves que encontrou.

A seguir, ouviram um gemido humano vindo do canto escuro.

— Há uma sala ali... — disse Emma, sentindo calafrios. — Pegue a chave e abra a porta. Deixe tudo pronto para fugirmos e alcançarmos Alek...

— O que pensa que está fazendo?

— O que quer que façam aqui, precisa ser denunciado.

Emma acendeu a lanterna de seu celular e se deparou com outra sala. Nela, havia um recinto de vidro perto do qual estava o cão com a cicatriz, ofegante, olhando e farejando. Um homem, também com uma enorme cicatriz na cabeça raspada, se movia de um lado para outro, e quando as viu, rosnou, saltando contra o vidro.

Emma se jogou para trás com um grito, vendo a imagem horripilante de um ser humano completamente fora de si. Então, viu se aproximar, muito lentamente, o cão, que se virou para ela e rosnou, não permitindo que desse mais nenhum passo.

— Calma, cachorrinho... Sinto muito... Eu... eu gostaria muito de poder ajudá-los. — Emma sentiu lágrimas descerem pelas bochechas.

— O que está havendo? — Maja apareceu e ficou chocada com o que viu.

O homem do recinto se sentou como um canídeo faria. Farejava o ar e debruçou seu corpo contra o vidro, passando as palmas das mãos de cima para baixo, ganindo, abrindo a boca em solavancos e dizendo palavras sem nexo.

Nas paredes, desenhos de mapeamentos cerebrais destacavam a região do tronco encefálico como alvo cirúrgico. Emma havia se lembrado de ter visto nas aulas de ciências que essa região era uma estrutura presente em todas as criaturas com cérebro, desde o crocodilo até o ser humano. E ficou ainda mais chocada ao se lembrar da prova de ciências quando respondeu a uma pergunta sobre se essa estrutura estava relacionada com o instinto animal primitivo e até mesmo com a agressividade.

Emma não teve dúvidas de que o homem e o cão tiveram suas mentes violadas para que fosse possível trazer o comportamento animal ao homem e até mesmo fazê-lo agir de forma agressiva e sem controle. Era o que os oposicionistas precisavam para colocar a população contra o *Symbiosa*. Mas o porquê de os médicos estarem também envolvidos nesse arcabouço era algo que não conseguia entrar em sua cabeça. Afinal, médicos deviam querer que as pessoas se curassem.

Sentindo pena do cão e do homem-cobaia, Emma recuou devagar em direção à porta, registrando tudo o que podia. Mas quando Maja destrancou a porta e a abriu, deparou-se inesperadamente com Aron Eriksen.

— Graças a Deus vocês chegaram! — exclamou Emma aliviada.

— Como está meu pai? Ele está bem?

O homem levantou uma arma para elas. Sentiram o pânico dominá-las, percebendo a traição.

— Me entreguem as chaves e o rifle — ordenou, vendo Maja com o molho em uma das mãos e o rifle na outra.

— Por favor, doutor, não faça isso — Maja disse quase que implorando. — Não é preciso isso!

— Feche a boca, querida — respondeu Eriksen calma e cinicamente, olhando para Olav ao chão.

Então puderam ouvir um sussurro que vinha da sala escura. Palavras foram entoadas como numa conversa, e isso fez Eriksen olhar para elas desconfiado.

— Pode sair daí ou vou disparar contra elas — disse em alto e bom som. — Apareça agora mesmo.

Mas nada aconteceu. Eriksen disparou seu revólver contra o alto para causar pressão a quem quer que estivesse escondido. Ruponi voou para atacá-lo, mas quando estava perto o bastante para rasgá-lo com suas garras, Eriksen acertou-lhe um tapa, e a ave caiu em espasmos, lançando guinchos no ar.

— Não, Rupo... não... — Emma chorava sentindo uma dor muito forte em todo seu corpo.

Ela e Maja se abraçaram encolhidas e horrorizadas, soluçando um choro contido. Não havia mais esperança se Bávva tivesse morrido. Eriksen era um grande amigo dele, e Maja sabia que jamais o pai desconfiaria de sua índole. Vendo que seu blefe com o disparo não havia dado certo, Aron caminhou até a sala escura e disparou lá dentro duas vezes, escutando vidros estourando e se espalhando ao redor. As faíscas das explosões lhe permitiram ver um vulto ali dentro. Num rápido bote, o homem-cobaia saltou contra ele agarrando seu braço com os dentes e o derrubando imediatamente.

— Desgraçado! Desgraçado! — urrou com o ataque, se debatendo no chão e, em seguida, um homem de aparência sofrida e nervosa o atacou. — Não! Socorro! Não!

Emma e Maja assistiram a horrível cena abraçadas e aterrorizadas, e quando os gritos de Eriksen cessaram, viram o pobre cão e o *estranho* recuarem para a escuridão mais uma vez. Maja foi calmamente se aproximando do corpo de Eriksen e conseguiu pegar o rifle que ele havia deixado cair.

Sentindo como se seu corpo estivesse esmagado, Emma esgueirou-se para perto de Ruponi e viu que seu amigo estava desacordado. Um solavanco de pavor a atingiu quando pensou que ele estivesse morto, mas logo se lembrou de que se isso tivesse acontecido, ela também estaria. Pegou o falcão com delicadeza, soluçando. Sentiu pena por todos os que sofreram nas mãos de Magnus, Olav e Eriksen. Sentiu pena de Ruponi e de todos os animais que ofereciam a vida deles pelas pessoas, e dos que nem escolha tinham quando se tratava do elo clandestino. Bávva disse que Ruponi a havia escolhido na hora certa, mas será que isso era verdade? Será que Ruponi havia escolhido passar por tudo aquilo com ela?

Saíram da sala, temendo que tudo estivesse acabado. Um cansaço caiu sobre seus ombros, como se tivesse asas e as penas lhe pesassem mais do que os ossos. O pescoço pendeu tenso, como se não fosse mais possível erguer a cabeça. Emma caiu de joelhos e ficou recurvada com Ruponi nos braços, até colocá-lo ao chão e deitar ao seu lado, num sono que fez todos os seus pensamentos se esvaírem, até mesmo o medo. Abraçada ao falcão, Emma deixou os olhos penderem. Ela se entregou à escuridão.

Capítulo 19

Em sua mente passavam impressões de algum ritual primitivo. Sentia-se pequena, como dentro de um ninho. Pessoas vestidas em tecido lanoso tingido de azul e vermelho passavam por ela, acariciavam sua fronte e derramavam em seu rosto seivas aromáticas enquanto cantavam uma música mística, seguida por batidas em um tambor com chifres de rena. Rostos desconhecidos e avermelhados pelo frio se aproximavam e se afastavam, dizendo palavras numa língua muito diferente e exótica.

A vontade de dormir e acordar veio inúmeras vezes, mas, cada vez que isso acontecia, percebia que seu corpo não estava preparado para tanto. Estava mergulhada em ondas pesadas e que a levavam para mais fundo, onde a pressão das águas criava uma resistência muito superior à sua força. Foi quando viu um brilho de luz tocar sua fronte. Parecia quente e leve. Tentou entreabrir os olhos e viu uma réstia de luz entrar por uma janela. Tentou mexer a boca e engoliu saliva com algo que parecia água com sabor de madeira. Estava consciente de tudo isso quando entendeu que estava finalmente conseguindo acordar. Viu Maja levar a sua boca o líquido marrom-escuro, quase negro. Emma bebeu o conteúdo revigorante e moveu as pontas dos dedos dos pés e das mãos. "Eles estão aqui comigo", pensou, se referindo aos dedos e à sua vida.

Acostumando-se com a luz, apurou os ouvidos quando ouviu uma voz familiar. Então, sentou-se num solavanco, ao se lembrar de Ruponi.

— Onde ele está? Onde está ele? Cadê o Ruponi?

— Ele está bem aqui — falou uma voz grave e que durante muitos dias em sua infância transmitia a ela esperança.

Bávva havia entrado na sala com Ruponi agarrado à luva, e quando viu Emma, voou imediatamente para o encosto da cama em que ela estava deitada como sempre fazia quando estavam em casa.

Junto com Bávva, entraram Petra, Frida, Calila, Anne e Diana. Inesperadamente, Kendra também veio logo atrás, em silêncio. Mas os olhos de Emma foram ao encontro de seu falcão:

— Ah, Ruponi... Você está bem!! — Emma pegou o falcão como se fosse uma galinha e o colocou sobre as cobertas, beijando-o no bico. Ele piou como um passarinho bobo. — O que aconteceu? Por que já estamos aqui?

— Como está se sentindo? — Bávva se aproximou dela, calmamente.

— Eu... acho que estou bem. E como está Alek? Conseguiu escapar? O que aconteceu depois naquele lugar horrível?

— Você compartilhou nossa localização com Bávva, está lembrada? — Maja falou. — Bávva chegou com alguns policiais e levaram Magnus e Olav para a prisão.

— Ragni seguiu Alek enquanto foi arrastado pelos corredores por Magnus e, depois, ela o atacou, ferindo-o feio. Alek está bem, ansioso para que você acordasse. Sob o galpão haviam construído um corredor cheio de portas onde esconderam as pessoas e os animais que vimos por aí... — Maja explicou. — Encontramos mais deles enjaulados.

— Que bom que chegaram a tempo de salvarem vocês... Mas vocês acham que a polícia vai mesmo mantê-los na cadeia? Os policiais nunca estavam a nosso favor...

— Consegui gravar parte da conversa que tiveram conosco — contou Maja —, pois coloquei o celular no bolso antes de sermos pegos. Agora, temos provas e não terão como escapar.

— Também peguei os cadernos de anotações deles — Emma contou, esticando o braço para apanhar a mochila no criado-mudo. — Eu mesma passei os olhos por cima e vi datas, horários e locais de reunião, nomes envolvidos. — Emma pegou cadernos aos punhados. Nesse momento, Kendra saltou sobre a cama e tentou arrancar os cadernos dela; Emma apertou-os contra si, e a menina tentou morder a sua mão. Ruponi gritou e acertou uma bicada na cabeça de Kendra.

Diana e Petra a seguraram pelos braços e, a seguir, foi expulsa do quarto.

— Que menina louca! — Calila exclamou.

— Ela entrou para bisbilhotar — Petra falou. — É inacreditável que exista gente assim.

— Bem, como ia dizendo, aqui há alguns registros que podem ajudar a provar que os *estranhos* não são culpa da federação — Emma completou, deixando os papéis com Bávva, que, em seguida, a agradeceu. — E como ficaram vocês aqui no casarão? — indagou à Petra e às outras garotas. — Os *estranhos* os atacaram?

— Bloqueamos as janelas e portas para dificultar o acesso — explicou Diana assustada. — Os mais velhos nos ajudaram com isso e alguns de nós ficamos no celeiro com os animais, criando algumas barricadas com restos de madeira.

— Quem ficou aqui dentro e no celeiro se salvou — explicou Bávva. — Os... como vocês os estão chamando? *Estranhos*. Eles preferiram descer para as ruas mais habitadas e movimentadas, como perto do mercado e do porto.

— Petra e Roy foram ao porto levar Fridtjof — Emma se lembrou saltando da cama. Vocês conseguiram? Onde ele está?

— Conseguimos — Petra respondeu com um sorriso. — Havia um homem partindo de barco em direção a Tromsø e pegamos carona. Então chamamos a ambulância quando estávamos quase chegando.

— Fridtjof está mesmo em coma? — Emma não estava aguentando os rodeios.

— Ele acordou e vai passar uns dias no hospital — respondeu Petra feliz. — O Roy está com ele, mas está vindo para cá hoje.

— Se não fosse por Maja, ele teria morrido — falou Bávva com orgulho no olhar. — Fico feliz que esteja bem, Emma. Há umas coisas que preciso resolver, coisas burocráticas a respeito do *Symbiosa*.

— Mas e os *estranhos?* Eles ainda estão por aí, não estão? — Emma caminhou para perto da janela e espiou para fora. — Nossa, quantos policiais... e... quantos *sámis*...

— A polícia agora está fazendo a sua parte direito — falou Bávva cruzando os braços. — Nada como um bom contato lá dentro. Agora, se me dão licença, preciso ir à minha sala.

Doutor Bávva saiu do quarto e Maja já ia saindo, quando Emma perguntou:

— O que está acontecendo lá embaixo, realmente? — Olhou outra vez pela janela.

— Os policiais estão tentando garantir que todos os *estranhos* sejam capturados. Estão avaliando a possibilidade de haver alguns animais descontrolados, como aquele urso misterioso. Ele foi encontrado morto perto de Ersfjord. — Sua voz era de assombro e tristeza. — Os animais não têm culpa de nada. Mas alguém, para garantir sua segurança, disparou contra ele.

Emma mudou de expressão na mesma hora. Ela havia se lembrado do pobre cão e do *estranho* com cicatriz na cabeça. Imaginou o que seria de todas aquelas pessoas e animais capturados pela polícia.

— Preciso ir ver Alek. E quando os *sámis* chegaram? Eu quero ir lá vê-los. — Emma estava experimentando tantas emoções ao mesmo tempo que se sentiu perdida. Quando percebeu que estava com pijama, correu até o guarda-roupa.

— Os *sámis* chegaram ontem com Bávva — explicou Diana. — Eles ficaram aqui com a gente cantando os *joikes* para nós.

— Particularmente, não é um estilo de música que me agrada — falou Frida.

— Você não entendeu — Diana completou balançando a cabeça. — Essas canções são quase como palavras mágicas...

— Que horror!! — Emma exclamou.

— A música? — As garotas se assustaram.

— Não! Eu! Estou horrível — confessou Emma envergonhada por Maja e Bávva tê-la visto daquele modo. — Preciso trocar de roupa.

Ruponi assobiou para ela agudamente e as meninas tamparam os ouvidos.

***

Quando Alek a viu, correu para abraçá-la. Estava com uma expressão tão feliz que Emma sentiu que gostaria que aquele momento durasse um pouco mais.

— Fiquei desesperado quando vi você caída — contou. — Não me dê mais esse susto!

— Eu pensei que era o fim e que não fôssemos mais nos ver — Emma confessou, apertando-o forte.

— Oi, Emma, eu sabia que ia se recuperar — falou Inigo andando para lá e para cá com o papagaio. — Alek não parou de falar de você. — Ao dizer isso, saiu brincando com seu papagaio.

Emma corou como um morango e não teve coragem de olhar para Alek, apesar de ainda estar abraçada a ele.

— Esse cara é muito sem noção — Alek falou mostrando os dentes.

Emma gargalhou e, quando se soltaram, olhou para o chão. Então, resolveu mudar o assunto antes que a timidez a denunciasse demais.

— Alguma coisa aconteceu comigo quando desmaiei — confessou ela. — Maja me deu de beber aquele líquido escuro feito com o pó escuro.

"Essa mistura estranha, que dizem ajudar na confecção do elo de almas, deve fortalecer o elo em situações como a que você passou", imaginou ele.

— Eu vi alguma coisa acontecer comigo naquele momento — Emma explicou como se tivesse visto uma assombração. — Eu sei o que vi. Eu estava deitada sobre a pele de uma rena quando derramaram no meu rosto aqueles aromas. Eu vi todos ele, e eram muitos.

— Emma, do que você está falando? — Alek estava sem entender.

— Quando desmaiei, era como se tivesse acordado em outro lugar, e havia muitos *sámis* cuidando de mim. Eu conseguia olhar para o céu e via uma aurora boreal enorme se mover. Era como se ela estivesse também dentro de mim.

— Nossa... Que experiência maluca. — Alek falou achando que Emma podia ter tido um sonho. — Por falar em *sámi*, olha eles ali...

Emma se virou e viu uma família *sámi* conversar com Maja e abraçá-la.

"Deve ser a família de Bávva...", pensou Emma com um brilho nos olhos. Eles conversavam entre eles quando a garota viu Maja receber uma bolsa feita com pele de rena com algum conteúdo. Em seguida, puxou um pequeno sachê com o misterioso pó escuro.

— *Pssit*, Anne, vem cá... Bávva disse que os *sámis* chegaram com ele ontem — falou Emma para a menina.

— Sim, foi logo pelo meio-dia, eu acho... — ela confirmou tentando se lembrar. — Por quê?

— Você sabe por que eles vieram? — Emma perguntou tentando imaginar que haveria alguma coisa misteriosa por trás disso.

— Eu acho que é porque vieram tomar conta de nós? — respondeu Anne com uma pergunta, sem ter certeza de nada. — Eu, na verdade, não sei... — sussurrou ela, temendo ser ouvida.

— Talvez estejam aqui por causa da presença dos *estranhos* — concluiu Alek. — Por que vocês acham que eles saíram de Kautokeino? Só para vir nos ver? Acho que tem algo aí no meio.

— Faz sentido — Emma concordou. — Eles não vieram nos dar as boas-vindas e nem mesmo se despedir de nós. Talvez eles saibam os segredos do *Symbiosa* e vieram garantir a segurança da gente.

— Estão dizendo que eles vão tentar um modo de ajudar os *estranhos* e os *ealli* deles — contou Calila, que ouviu parte da conversa quando se aproximou.

— Será mesmo? — Emma sentiu uma ponta de esperança. Então ficou ali com seus amigos, curtindo o final da tarde, jogando conversa fora, bebendo chocolate quente e ouvindo histórias *sámis* sobre tempestades e cuidados com renas em tempos mais remotos. Só então se deu conta de que era véspera de Natal e que não havia ligado ou falado com sua mãe. Olhou o celular e viu uma dúzia de ligações de Martina. Então ligou para ela em seguida:

— Oi, mãe, tudo bem? — Tentou parecer tranquila. — Aqui está tudo bem. Sério? Você viu no jornal o que houve em Kvaløya? Ah, eu soube por alto que estavam tentando incriminar *Symbiosa*, mas eu não sabia de tudo isso... Também te amo, mãe... Tchau...

"É melhor assim... ela não saber de tudo o que houve, senão vou preocupá-la à toa", concluiu Emma. Então, a voz do *sámi* soou no ar e sua atenção se voltou para ele:

— Você quer ter centenas de renas atrás de você? — um dos *sámis* perguntou para todos os presentes. — É só laçar o líder deles, geralmente o macho com chifres maiores. E quando isso é feito durante o inverno, você tem que levar as renas todas para o alto da montanha, onde terão como cavar e achar musgo à vontade. Mas na primavera o degelo é maior perto da costa, e então descemos com elas até onde possam pastar. Tudo isso pode ser feito de trenó, no qual elas carregam nossas roupas e utensílios.

— Aposto que algumas pessoas não devem gostar de ver as renas mastigando os jardins — falou uma moça com sotaque francês.

— De fato — concordou o homem. — Às vezes, não é possível controlar tudo e a vizinhança reclama. Mas as renas estão aqui há muito mais tempo do que nós... — falou em tom de brincadeira. — O que eu posso fazer se as renas gostam de mim?

Emma olhou para Alek no mesmo instante em que ele a olhou. Tímidos, sem desviar o olhar, sorriram um para o outro.

Capítulo 20

— Pode entrar, Emma — falou Bávva olhando para a menina que estava à sua porta. Ele estava sentado diante de sua escrivaninha, olhando alguns documentos.

— Com licença — falou educadamente. — Eu gostaria... gostaria de tirar algumas dúvidas... — Imediatamente corou, mas era agora ou talvez nunca obtivesse respostas.

— Claro, por favor, feche a porta e sente-se. — Ele apontou para a cadeira diante da escrivaninha.

— Obrigada. — E assim ela fez. — Eu primeiro gostaria de saber para que é o sachê com o pó escuro que os *sámis* colocaram dentro do meu *duodji*.

— Se chama *chaga* e é um fungo extraído de bétulas — falou, vendo que Emma olhava para ele boquiaberta. Então ele se adiantou, explicando: — Quando uma bétula tem um ferimento, o *chaga* pode crescer na região exposta dela, criando uma espécie de cicatrização. Ao contrário do que se pensava, o *chaga* não é de fato um parasita. Ele ajuda a bétula. Esse mesmo fungo tem propriedades muito importantes para nossa saúde.

— E é um elemento importante no fortalecimento do *Symbiosa*. — Ao dizer isso, Emma ficou arrepiada e seus olhos ficaram brilhantes. Ela havia entendido o *Symbiosa*, havia enxergado o sentido de o *chaga* viver em simbiose com a bétula, ou seja, dar algo positivo para a árvore, como proteção, e receber algo positivo, como lar e água, essenciais para sua vida. E da mesma maneira o *chaga* podia fortalecer o *Symbiosa* no seu ato de dar e receber. Chegou a imaginar até mesmo que aquele nome nasceu mais por homenagem ao *chaga* do que por causa do *šaldi*. — Foi isso o que eu bebi...

— Exatamente. — Ele sorriu com certo mistério.

— Eu também gostaria de saber o que será dos *estranhos* e dos *ealli* deles... — Seu tom era de pena.

— A polícia está fazendo o possível para reuni-los. Eu e minha família vamos tentar ver se é possível consertar o que fizeram. Mas temo que não seja possível fazer isso com todos... — Bávva baixou os olhos azuis, e Emma não teve coragem de perguntar o que fariam com eles.

— Você acha que Kendra roubou o aquário de Eriador? — Ela temeu o que essa pergunta poderia gerar.

— Não posso afirmar isso Emma, desculpe — ele falou precavido. — Não podemos acusar sem saber... Mas é compreensível duvidar dela, uma vez que tenha tentado lhe tirar os cadernos... a mãe de Kendra trabalha nas indústrias de Eriksen.

Emma olhou para ele num sobressalto. Aron Eriksen ainda não havia sido comentado até ali, e o fato de a mãe de Kendra trabalhar para ele era algo um tanto suspeito. Estava chocada.

— Emma, Eriksen estava todo o tempo envolvido com algo errado e é isso o que estou procurando investigar — confessou com assombro.

— Eriksen então ajudou a federação a comprar essa casa, longe de tudo, perto daquela instalação subterrânea... — complementou Emma, arregalando os olhos. — Pode ser que ele mesmo tenha entrado no quarto de Eriador um dia antes de sua morte, enquanto todos dormiam. Na verdade, não! Ele foi embora um dia antes disso acontecer... Mas ele pode ter encarregado alguém de fazer isso...

— Exatamente. Foram muitas idas e vindas para Tromsø para entender o que acontecia. No dia em que Torsten faleceu, fui ao hospital da cidade para entender o que estava acontecendo e se a polícia faria um trabalho direito, uma vez que aparentavam estar contra nós. — Então, se calou por alguns segundos e suspirou. — Quando cheguei lá, me deparei com pacientes internados que estavam indo diretamente para o hospital psiquiátrico da região. Não fui embora. Fiquei para auxiliar a examinar alguns pacientes que demonstravam um distúrbio agressivo e graus elevados de problemas mentais. Naquele dia, Emma, vinte e duas pessoas haviam aparecido com esses mesmos sintomas, a população estava culpando nossa colônia de inverno por essa epidemia de loucura e eu pensei: "não, eu não fiz o *šaldi* com essas pessoas, eu me lembro de cada uma delas"...

Foi então que descobri que todos dispunham de sinais cirúrgicos recentes, nenhum deles portava documentos de identificação e todos os comportamentos estavam associados sempre a animais domésticos. Foi isso que me levou a crer que alguma coisa estava agindo contra nós. Mas vou ser honesto com você: eu nunca havia desconfiado de Eriksen, um homem que investia em terapias alternativas...

— Talvez ele tivesse percebido que o *Symbiosa* seria a única terapia bastante eficiente, e isso o fez perder o investimento das outras terapias... — supôs ela.

— Você talvez esteja certa... Foi também o que pensei...

— E Magnus? O que fizeram com ele? — Emma quase esqueceu de perguntar.

— Vai passar o Natal na cadeia.

— Bem feito — ela falou, e já estava quase se levantando quando se lembrou de mais uma coisa. — O senhor conseguiu descobrir algo sobre o gato de Stella?

O médico *sámi* olhou para ela e apertou os lábios. Então fez sinal que sim.

— Conversei com o Rasmussen, diretor de sua escola. Eu disse a ele que Stella tinha um gato *ealli* e que a morte desse gato significava a morte dela. — Cruzou os dedos sobre a mesa e continuou: — Ele pareceu chocado por eu saber sobre o ocorrido e comentou que a escola já havia descoberto quem havia matado o gato e que o criminoso foi punido. Eu expliquei que isso era um caso grave, pois a morte do gato havia levado a garota à morte, mas o diretor não acreditou.

— O quê? — Emma saltou da cadeira e inclinou-se sobre a mesa. — Isso está errado! Ele pelo menos disse quem foi?

— Só disse que foi um aluno. Nada mais. Eu senti que ele estava protegendo alguém — confessou solenemente.

— Mas não podemos deixar isso assim. — Emma ficou agitada e indignada. — Como vou voltar para aquela escola e olhar na cara das pessoas?

— Não se preocupe, Emma. Eu já estou me encarregando disso — respondeu calmamente. — Eu tenho contatos. E eles estão investigando para mim. Assim, descobrimos que o garoto que matou o gato era vizinho de Stella.

— O Gustav? — ela falou horrorizada. — Ele estuda na mesma escola que a gente... Mas como podem ter certeza?

— Meus contatos descobriram que Gustav esteve lá num horário nada propício. Foi fácil achar, pois ele usou os dados dele para abrir a porta do laboratório... — Ao dizer isso, Emma olhou para ele, sobressaltada. Ela se lembrava da sombra que viu no laboratório da escola quando viu Jonas sair da biblioteca. Então Bávva continuou. — Então, um de meus contatos foi até a casa dele perguntar se ele tinha algo contra a Stella, e o garoto confessou não gostar do "tipo" dela. — Emma fez cara de quem não havia entendido. — Me refiro ao fato de ela ser como você, ter um *ealli*.

— E só por isso resolveu matar os dois! — Emma estava chocada, imaginando que poderia ter sido com ela.

— A família de Gustav jamais gostou de Stella, pois acredita que o elo entre animal e ser humano é algo fora dos planos divinos... Então ele capturou o *ealli* e o matou na biblioteca da escola para chocar a todos e fazer uma afronta aos obtentores do *Symbiosa*.

— Que horror! — Emma não sabia o que dizer. — E o que houve depois disso? Ele vai ser punido de verdade, não vai?

— Certamente. Não se preocupe.

Emma deixou o corpo pender para o lado, como se o relaxasse por um minuto.

— Obrigada por isso — ela falou.

— Não me agradeça. Você ajudou a solucionar o caso. Agradeça a você mesma e aproveite o Natal.

Capítulo 21

Emma tomou um bom banho reconfortante. Colocou o vestido vermelho que ganhou de sua mãe para o Natal, passou uma maquiagem e só depois desceu as escadarias da mansão. Viu o alto da árvore de Natal brilhando, escutou vozes conversando empolgadas e sendo encobertas por outras vozes. O aroma de pinho verde, juntamente com os chás quentes e dos biscoitos recém-assados, eram o melhor presente que ela poderia ganhar.

Ela descia as escadas quando viu as pessoas acomodadas ao redor da árvore, sentadas em pufes felpudos.

— Venha, as meninas querem te ver — falou Petra, aparecendo com um vestido roxo e segurando sua mão. Anne veio ao encontro delas, com roupas temáticas natalinas, nas quais uma rena piscava o nariz vermelho. — A federação colocou presentes ali.

Mostraram a ela a pilha de presentes deixados sob o pinheiro.

— Emma! — cumprimentou Calila recebendo a amiga num abraço. — Você está linda!

— Obrigada — agradeceu, tímida. — Você também está linda. Adorei a faixa dourada em seu cabelo. — Calila, tinha arrumado os cabelos negros em uma bela trança.

Diana também apareceu num belo vestido branco e abraçou a amiga.

— Vocês já falaram para ela? — indagou Frida, entregando a Emma um bombom de cereja. — Tome isto para te dar uma corzinha. Você quase morreu, esqueceu?

— Frida! — falaram as garotas em uníssono.

— Falaram o quê para mim? — Emma olhou para as meninas sem entender.

— Venha, vamos para a sala de estar... — Petra sorriu mostrando os dentes e fazendo um coque com um palito japonês. — Lá há menos gente para bisbilhotar.

— O.k., mas vocês vão me contar... — pediu Emma ao entrar no salão.

— Quando você estava desmaiada... Bom... Lá no laboratório...

— Fale logo! — Emma sacudiu a amiga.

— Quando Bávva voltou para cá e nos disse... — Petra respirou fundo vendo que estava embananando as coisas. — Que droga, Frida, Bávva pediu para que não disséssemos isso a ela ainda, mas...

— Eles disseram que você começou a falar estranho — antecipou Frida. — Falava como os *sámi* falam.

— Mas eu não sei falar *sámi*. — Emma deu de ombros.

— Emma, enquanto você estava desacordada no quarto, nós gravamos o que você dizia.

— O quê? — Ela corou. — Vocês não estão falando sério. — Emma se calou, tentando processar o que escutava. — Estão?

Aquela informação forte a fez balançar a cabeça imediatamente, negando a possibilidade daquilo.

— Hah, vocês realmente acham que eu posso fazer isso?

As garotas não tiraram os olhos da amiga e não disseram nenhuma palavra.

— O.k., vocês estão enganadas.

Então Petra pegou o celular e mostrou para Emma sobre o que estava falando.

Sentiu uma pontada no estômago quando reconheceu sua voz dizendo algo incompreensível.

— E isso deveria significar alguma coisa? — Emma falou, incrédula.

— Bávva traduziu — apressou-se Calila a dizer. — Você repetia um *joike*...

— Que falava sobre o elo de uma bétula com outra planta. — Frida atropelou as palavras da amiga.

— Não era com uma planta, e sim com outro animal... — interveio Anne.

— Era com uma planta sim... ou com um arbusto. — Frida falava com sentimento de certeza.

Emma imediatamente entendeu que as meninas falavam sobre um fungo, apesar de não saberem que era um fungo. "Como era possível eu saber?", ela se perguntou algumas vezes. Mas enquanto elas discutiam, pediu um minuto de licença para dar uma olhada por aí... Ainda não havia visto Alek em nenhum lugar.

— *Pssit*, Emma... — ouviu uma voz chamá-la perto da biblioteca e seu corpo congelou onde estava. Então viu Alek acenar para ela meio sob a penumbra e a chamar para a biblioteca.

— Alek, o que...

Entrou com passos lentos e seus olhos se perderam na escuridão. Então sentiu uma mão segurar a sua e a puxar para perto da janela, onde um pouco de luz entrava e era possível um ver ao outro. Alek sorriu tímido, e isso a deixou desconcertada, sorrindo de volta.

Sem esperar por aquilo, ele pegou as mãos de Emma e olhou em seus olhos, segurando a respiração.

Ele tocou o rosto dela com delicadeza. Emma não conseguia dizer absolutamente nada. Estava muito envolvida com aquele momento, seu coração explodindo em seu peito.

— Emma... eu... Quando isso acabar e voltarmos para casa... eu não vou esquecer você. E não quero ficar sem falar com você.

Quando o ar de Emma estava por acabar, Alek a abraçou com força e ela sentiu sua respiração tocar seu rosto. O garoto a beijou na fronte e acariciou seu rosto com as costas dos dedos. Então tocou seus lábios nos dela e a beijou devagar.

Emma sentiu seu corpo derreter nos braços de Alek, entregando seu beijo a ele. O carinho que tinham um pelo outro revelava que não eram somente amigos.

— Você estava me esperando por aqui, não estava? — ela falou achando graça.

— Eu pedi a Petra que trouxesse você para cá.

— Então todo mundo já deve estar sabendo... — Emma riu e se beijaram mais uma vez. Então, saíram da biblioteca de mãos dadas e se juntaram aos seus amigos, ao redor de uma mesa farta com frutas, castanhas e bolachinhas de Natal.

— Você não é norueguesa, não é? — Alek perguntou. — Dá para notar que você não nasceu aqui. De onde você é?

— Sou de Portugal — ela respondeu sorrindo.

Mesmo com todas as coisas que aconteceram, Emma notou que as pessoas tentaram evitar tocar no assunto dos últimos dias. Compartilharam bons momentos contando casos engraçados com seus elos e os projetos que estavam fazendo para o novo ano.

Emma tentou imaginar como seria quando as aulas voltassem, mas achou melhor também não pensar nisso. Então, imaginou que a família de Stella deveria estar muito triste neste Natal, e por um momento, quando foi conferir as horas para saber o quanto faltava para meia-noite, viu uma mensagem de sua mãe:

Emma, minha filha, esse será nosso primeiro Natal que não passaremos juntas. Paguei um voo de última hora e sua tia Debby está aqui. Ela disse que está com saudade. Sinto sua falta, mas amanhã já iremos nos ver. E como estão as coisas aí? Feliz Natal e beijos no seu coração.

Aquelas palavras fizeram Emma perceber o quanto sua mãe a amava. Se sentiu sortuda por tê-la em sua vida, por mais que ela tivesse defeitos e não fosse tão companheira como era seu pai. Mas isso era uma questão de se adequar e participar mais das coisas que a mãe também gostava.

Que legal! Obrigada, mãe, amo muito você. Manda um beijo para a tia Debby. Ótimo Natal para vocês!

Durante a ceia, vez ou outra olhava a sua volta procurando por Kendra. Mas não havia nenhum sinal da garota. Lean, seu parceiro de ronda, estava sozinho.

— Você também percebeu, não é? — Petra, que estava sentada a seu lado, chegou mais perto. — Acho que ela pediu para o chofer vir buscá-la. Diana a viu saindo há quase uma hora com as malas.

— Melhor do que ter que ficar aqui olhando para ela — falou Frida sentada diante de Petra, e ela percebeu como a garota da Islândia tinha o ouvido bom.

Ao final da ceia, todos se sentaram no salão ao redor da árvore de Natal. Bávva estava vestido como um *sámi* e acomodado em uma poltrona, ao lado de sua rena Ukko, e Maja, que também usava vestes *sámis*, estava em pé, ao seu lado. Essa cena de pai e filha juntos imediatamente remeteu Emma ao seu pai. Se ele não tivesse falecido naquele acidente de carro, a federação talvez tivesse tido a chance de dar a ele o *Symbiosa*. Ficou imaginando que tipo de animal seu pai teria e sentiu um frio na barriga quando pensou que poderia ter sido um porquinho-da-índia como o de Fridtjof, pois Ruponi não iria descansar enquanto não colocasse suas garras e bico nele.

À meia-noite, Bávva e Maja distribuíram presentes. Emma recebeu uma pulseira de cores vistosas na qual estava escrito seu nome e o nome de Ruponi. Alguns se juntaram para cantar tradicionais canções natalinas, e os *sámi*, apesar de não serem cristãos, cantaram alguns de seus *joikes* em homenagem àquele ciclo que terminava e se iniciava na vida de todos. Emma viu nos olhos de Bávva e Maja como estavam felizes por terem a família reunida ali.

— Por muitas vezes me questionei se fiz certo em trazer o *Symbiosa* para outras pessoas. Na última viagem que fiz à Kautokeino, visitei o *noaidi*, meu avô, o homem que me trouxe de volta à vida. — Todos se calaram ao ouvir o relato de Bávva. — Estava um tanto comovido em perdê-lo, pois o considerava um segundo pai, meu mentor. Precisei vê-lo antes que partisse, me despedir e agradecer a ele e a seu velho *ealli* também, pois, até no *Symbiosa*, tudo tem seu fim. E, quando vi meu bom velho partir, tive a certeza de que nossa vida só se tornou possível porque ele me deu uma vida nova quando eu já não tinha mais nada. — Naquele momento ele olhou para Ukko e o animal lhe devolveu um olhar, em sintonia com suas palavras. — Foi graças a meu bom velho que hoje nós estamos vivos. — Então, tocou a pulseira de tecido colorido na qual havia um desenho em zigue-zague.

— Esta é uma lembrança dos *sámi* para que nunca se esqueçam a origem do *Symbiosa*. Esse *duodji* simboliza a união com seu *ealli* e a união de nós, obtentores desse elo. — Em seguida, todos aplaudiram com certa emoção, pois, de fato, cada um sabia o motivo que o levou até Bávva.

A noite passou depressa, com os jovens conversando, com a companhia agradável e calorosa de Alek e todos aqueles olhares que se voltavam para Emma, como se reconhecessem sua coragem para desvendar as ameaças que os cercavam. Ela e Alek decidiram por fim não dizer mais nada a respeito do que passaram juntos. Às vezes, os olhares de Alek traziam algum mistério em seu pensamento e isso, vez ou outra, gerava um aperto mais firme em suas mãos unidas.

***

O dia amanheceu preguiçosamente branco. O tapete de neve havia tomado as sacadas, e os caminhos brancos se rasgavam quando eles passavam. Aquele era um dia de despedidas, o que, por um lado, causou tristeza a Emma, mas, por outro, se a federação continuasse a existir, o elo que criara com todas aquelas pessoas continuaria presente, e se veriam numa colônia de férias de verão.

— Venha me visitar no feriado de Páscoa — disse Petra dando um abraço forte na amiga. — Mas, antes disso, fique de olho no celular. Tem muita coisa que aconteceu e não tive tempo de te contar.

— Obrigada pelo convite! Pode deixar que eu não me esquecerei de olhar — falou Emma rindo, já esperando ouvir que Petra estava namorando Roy.

Frida e Calila se despediram de todos com promessas de, em um próximo reencontro, trazerem algumas iguarias gastronômicas.

— Ele já voltou do hospital... — Alek falou para Emma, que ficou quase eufórica. — Ele está lá na sala de treinamento...

Com as malas prontas, Emma correu até lá e se deparou com Fridtjof. Meio sem jeito, se aproximou e viu que ele estava sentado no tatame, meditando, e o porquinho-da-índia estava a seu lado.

— Fico feliz que o senhor tenha se recuperado... — falou decidida a interromper a meditação do homem. Ela não tinha muito tempo.

— Eu acho que vou entender qual é a desse animal — ele falou em tom meio zangado. Então, se levantou e estendeu a mão para Emma. — Continue estudando artes marciais e não se deixe levar por comentários alheios. O animal que sai do foco é devorado na natureza.

— Entendido — ela respondeu sorrindo e retribuindo o aperto de mão. — Até a próxima, mestre Fridtjof.

Bávva e Maja estavam um tanto ocupados recebendo as pessoas que vinham para buscar os familiares. Mas, mesmo assim, puxou-o de lado e falou:

— E sei que as meninas me gravaram dizendo alguma coisa em *sámi*... — Bávva olhou para ela como se esperasse aquele comentário mais cedo ou mais tarde. — O que você acha que isso quer dizer?

— Que você estava em um ninho onde havia um ovo e que você estava comendo um camundongo antes que ele comesse o ovo.

— Não estou compreendendo, doutor Bávva — ela falou rindo do que ele dissera. Achou que fosse piada.

Um silêncio perdurou por um momento que pareceu se eternizar. Então ela se deu conta de que ele falava sério.

— Mas não foi nada do que elas me contaram... — assumiu pensando que as meninas a haviam enganado.

— Eu não contaria a elas um segredo que cabe a você saber... — ele respondeu num sorriso, vendo Ruponi piar dentro da caixa que estava nas mãos dela.

— Eu vi com os olhos de Ruponi? Eu vi o ninho de onde ele veio?

— Quando um animal está para morrer, os *sámis* dizem que ele vê toda a sua vida em apenas uma respiração — disse sem tirar os olhos da menina. — Mas esse momento de alguma maneira fortaleceu o *Symbiosa* entre vocês.

— E... e o que devo fazer? — Ela estava confusa e surpresa.

— Continue fortalecendo seu elo com Ruponi. Ele vai te mostrar muitos segredos do *Symbiosa*...

E, ao dizer isso, despediu-se de Maja e Bávva com um abraço apertado e cheio de gratidão.

— Emma... Emma... — Alek caminhou apressado até seu encontro e sua face estava vermelha pelo frio. — Procurei por você em todos os lugares. Eu vim me despedir...

Alek a abraçou com força e a beijou com demora. A garota tinha o coração na garganta.

— Por favor, não deixe de responder as minhas mensagens... — ele falou.

— Responderei — Emma falou com um nó na garganta. — Vou sentir saudades... e das nossas aventuras.

— Quando chegar em casa, me avise, o.k.?

— Você também... — falou fazendo carinho em Ragni antes que partisse com ele.

Martina chegou logo após e a menina a viu estacionar e sair do carro com grande expectativa. Emma correu até ela e a abraçou.

— Mãe! — falou percebendo a saudade que estava sentindo. — Que bom te ver!

— Emma! Não aguentava mais aquela casa sem você e o *Rupomi*.

— Ruponi, mãe. Ruponi.

— Já se despediu de todos? Vamos, que tia Debby está lá no carro nos esperando.

Abraçada à mãe, Emma entrou na mansão e lá se despediu de Diana, Anne e Inigo.

Conforme Emma deixava aqueles portões, ela sabia que tudo em sua vida seria diferente. Tia Debby quis ir no banco de trás, e a menina e Ruponi foram juntos na frente. O falcão piava baixinho, como se conversasse com ela as várias coisas que passaram juntos. Ele sabia que estava voltando para casa e para o conforto do quarto de Emma.

Durante o trajeto, a menina contou para a mãe sobre seus treinamentos no tatame, leituras, amigos e presentes que ganhou dos *sámis*. Mas procurando omitir alguns detalhes, Emma ligou o rádio na esperança de ouvir um bom *rock*.

— As rádios aqui não pegam bem — falou Martina, que mudava de rádio até que escutaram o nome de Bávva ser citado:

"O presidente da Federação Médica do *Symbiosa* levou às autoridades provas concretas de que o magnata dono de uma das maiores indústrias responsáveis pela produção de homeopatias e produtos naturais, Aron Eriksen, estava envolvido com o financiamento de um instituto de pesquisa clandestino. Ele contava com uma quadrilha formada por médicos e afins com o intuito de forjar sequelas ocasionadas pelo procedimento do *Symbiosa*, desenvolvido pelo médico *sámi* Bávva, e assim criar pânico por parte da população de Tromsø. Os investigadores ainda estão apurando o caso, descobrindo todos os envolvidos. Enquanto isso, camburões do exército, com apoio da polícia local, estão recolhendo as vítimas remanescentes e as levando para o sanatório da cidade."

— Ainda bem que vocês estavam numa casa longe do perigo. Ficaria louca se soubesse que tinha acontecido algo com você...

Capítulo 22

— Não acredito que me esqueci do Jonas! — Só quando chegou em casa Emma viu suas mensagens desejando a ela Feliz Natal. — A avó dele deve ter tirado ele do castigo!

— *Alô* — era a voz de Jonas do outro lado da linha. — *Emma, você está sabendo do que houve com a Stella?*

— *Oi, Jonas, Feliz Natal atrasado! Sim, eu soube, minha mãe me contou... E você está sabendo quem fez aquilo horrível com o pobre gato?*

— Não! Você sabe? — Ele parecia assombrado do outro lado da linha. — *Eu te conto quando nos encontrarmos. Tenho tanta coisa para te contar... Eu vi uns noticiários sobre Tromsø. Falaram do Bávva e de uma máfia industrial...* — Ele dizia isso tão empolgado como se contasse uma história de *videogame*.

— *Sim, sim! O Gustav confessou que foi ele.* — Emma contou, chateada.

— *O Gustav? Minha nossa, mas por quê?*

— *A família dele e ele pareciam que não gostavam muito de animais. E nem de Stella.* — A garota ouviu Jonas exclamar alguma coisa do outro lado, mas antes que desse chance para ele fazer mais perguntas relacionadas a um assunto tão pesado àquela hora, resolveu logo dizer: — *Vamos fazer assim, agora estou morta de cansaço. Amanhã vou até a sua casa para contar todos os detalhes.*

— *Tudo bem. Mas com a condição de você me contar tudo...*

— *Combinado!*

Emma estava deitada, olhando para Ruponi pousado na cabeceira da cama. Acariciou o bico dele enquanto se lembrava dos últimos dias. Pensou em Alek e mandou-lhe uma mensagem.

Oi, cheguei em casa... :) Você chegou bem?

Então compartilhou sua localização com ele para que vissem quão longe um estava do outro.

E ficou esperando alguma resposta. Mas nada... Então, ficou assistindo ao canal de seriados e rabiscando alguns desenhos com suas canetas coloridas.

Quando seus olhos estavam quase se fechando, seu celular vibrou.

Alek: *Não é possível, acabei de olhar no mapa e olha o que descobri! Nós moramos a cinco quilômetros um do outro! Eu pensava que você morava em Portugal!*

O coração de Emma palpitou numa explosão. Suspirou duas vezes, perdeu o sono e se sentou na cama com tudo, fazendo Ruponi piar incomodado, sem tirar a cabeça de debaixo da asa para averiguar o ocorrido.

Emma: *Uau, como é possível? Não acredito! :D :D estou pasma.*
Alek: *Emma, você acredita em destino?*
Emma: *Acredito!*
Alek: *E na simbiose entre duas pessoas? S2*

Emma parou e pensou. Sentiu uma palpitação. Ela sabia a resposta:

Emma: *Sim. Eu acredito!*

Paola Giometti

Nascida em 7 de dezembro de 1983, é bióloga, Ph.D em Ciências e escritora. Aos onze anos, foi considerada a mais jovem escritora brasileira, com a publicação do livro *Noite ao amanhecer* (1994). Escreveu a série Fábulas da Terra, composta pelas obras *O destino do lobo*, *O código das águias* e *O chamado dos bisões*. Atualmente vive em Tromsø, na Noruega, onde dá continuidade à sua carreira literária.